E Heiden, Francis Stahl

Der Herr Major auf Urlaub

Lustspiel in vier Akten

E Heiden, Francis Stahl

Der Herr Major auf Urlaub
Lustspiel in vier Akten

ISBN/EAN: 9783744607124

Hergestellt in Europa, USA, Kanada, Australien, Japan

Cover: Foto ©Andreas Hilbeck / pixelio.de

Weitere Bücher finden Sie auf **www.hansebooks.com**

Als Manuscript vervielfältigt.

Ueberſetzungsrecht für alle anderen Sprachen verboten.

Für ſämtliche Bühnen im ausſchließlichen Debit der **Theater-Agentur A. Entſch** in **Berlin** erſchienen, und iſt von dieſer allein das Recht der Aufführung zu erwerben.

Der Verfaſſer.

Der Herr Major auf Urlaub.

Luſtſpiel in vier Akten

von

E. Heiden und Francis Stahl.

Berlin 1888.

Für Oesterreich-Ungarn beliebe man sich an meinen Rechts-Vertreter Herrn **Dr. O. F. Eirich,** Hof- und Gerichts-Advokat, **Wien I., Wipplingerstraße 29,** zu wenden.

Dieses Manuscript darf von dem Empfänger weder verkauft noch verliehen, noch sonst irgendwie weitergegeben werden, widrigenfalls die gerichtliche Verfolgung wegen Mißbrauchs und resp. Schadloshaltung des Autors beantragt wird.

Duplikate kosten 3 Mark.

A. Entsch,
bevollmächtigter Vertreter des Autors.

Personen.

*Major von Plettenburg.	50 Jahre alt.
Oskar, sein Sohn.	25 „ „
von Seiler.	60 „ „
Hans von Egloff.	23 „ „
Mörser	50 „ „
Baronin von Falkenhorst.	40 „ „
Anna, ihre Tochter.	18 „ „
Charlotte, ihre Nichte.	18 „ „
Magda von Welten	30 „ „

Ein Diener. Ein Mädchen.

Der erste, zweite und vierte Akt spielen auf dem Gute Falkenhorst, der dritte in Berlin.

Zeit: Die Gegenwart.

---

* Der Major ist etwas kurzsichtig und klemmt bei jedem Anlaß sein Glas ins Auge.

Erster Akt.

(Behaglich eingerichteter Salon der Baronin. Pianino. Bücherspind. Hinten breiter Ausgang nach einem zweiten Salon, von da durch die Mitte nach dem Garten. Thüren rechts und links in beiden Zimmern.)

1. Scene.

Baronin. Anna. Charlotte. Hans. Mörser.

(Die Baronin sitzt links, Anna und Charlotte rechts, hinter letzteren steht Hans. Im mittleren Eingang Mörser, Mütze und Reitgerte in der Hand.)

Baronin (zu Mörser). Sie bringen mir also meinen Bruder gesund und munter wieder nach Falkenhorst?

Mörser. Zu Befehl, gnädige Frau. Der Herr Major befinden sich frisch und wohl.

Baronin. Das ist ja prächtig.

Mörser. Oh! Unser alter Herr nimmt es mit dem jungen noch auf.

Baronin. Aber Mörser! Hüten Sie sich nur, von einem alten Herrn zu sprechen, wenn mein Bruder es hören könnte. Sie vor allen müßten es doch wissen, daß er das nicht gern hat.

Mörser. Die Frau Baronin entschuldigen. Ich spreche auch nur von dem alten Herrn zum Unterschied von unserm jungen Herrn Oskar.

Baronin. Das will ich gelten lassen. Gehen Sie jetzt nach der Küche; der Ritt hierher wird Sie hungrig gemacht haben. (Mörser hinten links ab.) Nun? Und Ihr? Habt Ihr für die Ausschmückung der Zimmer gesorgt?

Charlotte (sehr munter). Wir trugen für den Onkel alles zusammen, was anderweitig nur irgend zu entbehren war. Ich opfere ihm sogar meinen Toilettenspiegel. Auch Herr von Egloff hat sich um Onkels Wohl verdient gemacht.

Als Manuscript gedruckt.

Hans. Ich bitte! Mir wurde es nur vergönnt, einige Sessel von ihren bisherigen Plätzen zu nehmen und nach dem Geschmack der Damen wieder niederzusetzen.

Baronin. Und die Vasen sind mit frischen Blumen gefüllt?

Charlotte (springt auf). Ha, ha! Herr von Egloff! Sie beklagen sich, zur Hilfeleistung nicht genug herangezogen worden zu sein, und dabei denken Sie nicht einmal an das nächstliegende!

Hans (zieht scherzhaft den Kopf ein). Alle Unterlassungs= sünden fallen wie gewöhnlich auf mein Haupt.

Baronin (lächelnd). Der Fehler wäre wohl noch gutzu= machen.

Charlotte. Ja! Ich will die Blumen sogleich schneiden, und Herr von Egloff wird sie binden.

Hans. Nach Ihren künstlerischen Vorschriften.

Charlotte. Thun Sie doch nicht so! Wer erreichte Ihren Geschmack und Ihre Kunstfertigkeit im Sträußewinden! Kommen Sie!

Baronin. Und Du willst nicht mit ihnen gehen, Anna?

Anna. Laß mich, Mama; ich bin ermüdet.

Baronin. Nun, so geht; aber plündert mir den Garten nicht zu sehr.

(Hans und Charlotte ab.)

2. Scene.

Baronin. Anna.

Baronin (nachdem sie Anna einige Augenblicke schweigend be= trachtet hat). Anna, komm einmal her.

Anna. Was wünschest Du, liebe Mama? (Sie setzt sich zu den Füßen der Baronin.)

Baronin. Du bist nicht, wie ich es haben möchte. Fehlt Dir etwas?

Anna. Ach nein, Mama.

Baronin. Meines Bruders Eintreffen scheint Dich mehr als jeden andern aufzuregen?

Anna. Vielleicht, Mama.

Baronin. Und auch nicht mit Unrecht. — Er kommt ja, Dein Glück zu begründen.

Anna. Ueber meinen Kopf und über meine Wünsche hinweg!

Baronin. Wie?! Es ist Dir doch kein Geheimnis geblieben, daß mein Bruder um Deine Hand für Oskar bitten wird.

Anna. Für Oskar! Und Du glaubst, daß dessen Wahl ihn und mich durchaus glücklich machen müsse?

Baronin. Ich bin davon überzeugt.

Anna. Ich nicht, liebe Mama! — Oskar hat mich von jeher mit Geringschätzung behandelt! Ja! — Er nannte mich sogar einmal eine —! Mir steigt noch das Blut zu Kopf, wenn ich daran denke!

Baronin. Als Ihr Euch zuletzt sahet, warst Du noch Kind. Ihr zanktet Euch, wie es Kinder zu thun pflegen.

Anna. Ich hörte ihn auch sagen, daß ihn unerfahrene junge Mädchen überhaupt nicht zu fesseln vermögen!

Baronin. Ein Scherz von Oskar!

Anna. Dergleichen Scherze vergißt man nicht! — Und was nimmt er überhaupt ernst? Höchstens seine Malerei.

Baronin (begütigend). Nun, nun.

Anna. Weshalb wurde er nicht Soldat wie sein Vater?!

Baronin. Liebe zu dem Studium der Natur und feines Kunstverständnis sind das Erbteil von seiner Mutter. Das wollte er pflegen.

Anna (erhebt sich lebhaft). Oh! Ich wollte, er hätte den ritterlichen Sinn seines Vaters geerbt!

Baronin (die ihre Tochter erstaunt beobachtet). So gefällt Dir die Art meines ältern Bruders, des Fünfzigers, besser als die seines jugendlichen Sohnes?!

Anna. Er ist ein Held! (Sie deutet auf ein Bild im Nebenzimmer links.) Sieh jenes Bild! Wie oft stand ich ent= zückt vor dem Schlachtengemälde, das den Helden an der Spitze seiner tapferen Reiterschar veranschaulicht!

Baronin (sieht gleichfalls auf das Bild und stimmt einen Augenblick in Anna's Lebhaftigkeit ein). Er führte die Seinigen zum Siege! (Plötzlich besonnen.) Aber Anna! Es handelt sich hier nicht um den Vater, sondern um den Sohn! Deine Schwärmerei für den Onkel ist nicht angebracht.

Anna. Wußte jemals irgend ein anderer durch sein Er= scheinen soviel Freude zu verbreiten als er?! Und ergriff uns nicht stets Wehmut, sobald er ging?!

Baronin. Kind, das ist exaltiert! Man schwärmt als achtzehnjähriges Mädchen nicht für einen alten Mann.

Als Manuscript gedruckt.

Anna. Deine Schilderungen lehrten mich ihn lieben und bewundern!

Baronin. Erzeugten meine Gespräche über den Bruder mehr als kindliche Liebe für den nahen Verwandten und Bewunderung für den Helden, so hätte ich große Vorwürfe gegen mich selbst zu erheben.

Anna. Warum soll ich es verbergen? Ja! Ich könnte schwärmen für ihn wie Klärchen für ihren Egmont!

Baronin. Aber Anna!

Anna. O, könnte ich ihn nur einmal sehen hoch zu Roß, unter Trompetengeschmetter, umbraust von seinen Kriegern, sich dem Feinde entgegenwerfen, ich würde ihm zujubeln und ihm folgen!

Baronin (erschreckt). Kind! Was muß ich vernehmen?! (Man hört die Stimme des Majors und das Lachen Charlottens.) Ich höre ihn kommen! Du darfst ihn in dieser Stimmung nicht empfangen! (Anna schnell links ab.)

3. Scene.

Baronin. Major. Charlotte. Hans. Mörser.

(Hans und Charlotte begleiten den Major nur bis an den Eingang. Hans ist mit einem halb vollendeten Bouquet beschäftigt, Charlotte hat Blumen in den Händen und in der Schürze.)

Charlotte. Hier übergeben wir Dich der Tante und ziehen uns diskret zurück! Kommen Sie, Herr von Egloff! (Sie läuft unter fröhlichem Lachen nach dem Garten, Hans folgt ihr.)

Major (wirft Militärmantel und Mütze Mörser zu — er ist in Civil — und eilt dann der Baronin entgegen. Mörser rechts vorn ab.) Laß Dich umarmen, Schwesterchen!

Baronin. Willkommen, lieber Bruder!

Major. Wie Du aussiehst! Die Zeit unserer Trennung hat nichts über Dich vermocht! Blühend und frisch wie vor zehn Jahren!

Baronin. Willst Du, daß ich Dir das Compliment zurückgebe?

Major. Ha, ha! Sprechen wir nicht von mir! Grau in Grau — Ruine, nichts weiter! — Sag' mal, Schwesterchen, bist Du darauf eingerichtet, einen zweiten Gast aufzunehmen?

Baronin. Soviel Du willst!

Major. Nun denn, ich habe Dir den alten Seiler mitgebracht.

Baronin. Das ist ja herrlich! Wo ist er?

Major. Er wollte den Weg hierher durchaus zu Fuß machen. Der Jugenderinnerungen wegen, sagte er. Du weißt ja, Fußpartieen sind niemals meine Leidenschaft gewesen; ich bestieg daher Deinen Wagen, ließ Mörser voraustraben und Seiler nachlaufen. In einer Viertelstunde wird auch er hier sein.

Baronin. So setz Dich zu mir. So lange wir allein sind, werden wir unsere Herzensangelegenheiten am besten besprechen.

(Beide setzen sich.)

Major. Was giebt es denn da viel zu reden? Wir gehen direkt auf das Ziel los, das ist von altersher unsere Art. Du kennst meinen Jungen. Nun ja, in mancher Hinsicht hätte ich ihn anders gewünscht; zum Soldaten ist er mal gar nicht geboren. Aber er wird ein guter Ehemann werden. Er ist leiblich verträglich und sehnt sich nach einem eigenen Herd.

Baronin. Du weißt, lieber Bruder, was ich von Oskars vortrefflichen Eigenschaften halte, und wie sehr ich die Verbindung unserer Kinder wünsche.

Major. Da wären wir ja ganz einig; also vorwärts.

Baronin. Ganz einig leider noch nicht.

Major. Wie?!

Baronin. Ich mußte heute eine Entdeckung machen, mit der wir jetzt zu rechnen haben.

Major. Das wäre?!

Baronin. Ohne viel Umschweife — Annas Herz scheint nicht mehr frei zu sein.

Major. Was?! — Du — das ist aber fatal. — Hoffentlich ist es nur eine kindische, flüchtige Geschichte?

Baronin. Es scheint nicht so.

Major. Wer ist denn dieser höchst überflüssige Amateur, der sich da so unberufen eindrängt?!

Baronin (lächelnd). Hör' mich an.

Major (dreht ärgerlich an seinem Schnurrbart). Das ist wirklich ärgerlich! Kommt uns da ein unangenehmer Mensch dazwischen —

Baronin. Ja, ein ganz unangenehmer. — Laß Dir erzählen. Ich — aber da ist Anna.

Als Manuscript gedruckt.

4. Scene.

Baronin. Major. Anna.

Anna (nähert sich befangen dem Major). Lieber Onkel — willkommen auf Falkenhorst.

Major (küßt Anna väterlich auf die Stirn). Anna! Wie stattlich bist Du herangewachsen!

Anna. Ich war wohl noch ein Kind, als Du mich zuletzt sahest.

Major. Du verkörperst das blühendste Leben! Freilich kein Wunder hier draußen in Wald und Feld!

Baronin. Anna tummelt sich nicht nur dort, sondern auch fleißig in der Wirtschaft umher.

Major. Das ist brav! (Er faßt wiederholt herzlich ihre Hände. Man setzt sich.)

Anna. Wir müssen Beschäftigung haben. Wir sind hier ja ganz auf uns selbst angewiesen.

Major. Du hast Deine Mutter, Charlotte und den jungen Mann zur Gesellschaft, der mich vorhin begrüßte.

Anna. Herrn Hans von Egloff.

Baronin. Seine Mutter, eine Rohrfeld, ist eine Jugendfreundin von mir. Sie hat mir den Sohn hergeschickt, damit er sich auf dem Lande erhole oder, wie mir es scheint, von einer Herzenswunde genese.

Major (nimmt mit lächelnder Drohung Annas Hand). Hoffentlich werden dem jungen Herrn hier keine neuen Wunden geschlagen?

Anna (verlegen lächelnd). Ich bin nicht so grausam.

Baronin. Egloff ist ein guter Junge, gefällig und liebenswürdig, der uns auch oft durch sein hübsches musikalisches Talent erfreut.

Major. Kann ich mir denken! Ha, ha! Da wird denn mit den jungen Damen vierhändig gespielt...

Anna. Diese Aufgabe fällt Lottchen zu.

Baronin (lacht). Davon versprich Dir keinen besonderen Genuß, lieber Bruder. Ich sah sie noch nie über die ersten zehn Takte hinauskommen, dann bricht der Streit los. Uebrigens, Anna, wir haben noch einen zweiten Gast zu empfangen, Herrn von Seiler.

Anna (erhebt sich, lebhaft). Ah! Wo ist er?

Baronin. Er hat den Fußweg gewählt.

Anna. Ich will ihm entgegen gehen.

Baronin. Thu es, mein Kind. Seiler wird sich freuen, Dich zuerst zu begrüßen.
Anna. Auf Wiedersehen! (Durch die Mitte ab.)

5. Scene.
Baronin. Major.

Major (blickt ihr nach und erhebt sich dann, lebhaft). Wie?! Diese Blume sollten wir einem Fremden überlassen?! — Nimmermehr! Ich will sie meinem Sohne zurückerobern!
Baronin. Das dürfte ein sehr interessanter Kampf werden.
Major. Ich muß Oskar's Nebenbuhler sehen!
Baronin. Du sollst es. — Komm, setz Dich. (Der Major setzt sich.) Du sollst den Störenfried kennen lernen — ich will Dir sein Bild zeigen. (Sie blickt den Major einen Augenblick lächelnd an, ergreift dann einen Spiegel und hält ihn dem Major so hin, daß er hineinsehen muß.)

Major (blickt einen Augenblick in den Spiegel und dann die Baronin fragend an). Ein Spiegel? (Er sieht wieder in den Spiegel.) Na — was denn —? Den Kopf kenn ich. (Er kommt plötzlich zur Erkenntniß, höchst überrascht.) Ah — oh —! Schwester! — Welch ein seltsamer Scherz!
Baronin (ernst). Es ist kein Scherz.
Major (halb verlegen, halb lachend). Ah — geh doch! — Es ist ja Unsinn!
Baronin. Es ist Wahrheit.
Major. Kindischer Selbstbetrug!
Baronin. Hm, glaubst Du wirklich nicht mehr imstande zu sein, ein junges Mädchen ernstlich interessieren zu können?
Major (greift mechanisch nach dem Spiegel und dreht an dem Schnurrbart.) Erlaub mal. — Das könnte doch höchstens eine schnell vorübergehende Neigung sein, oder — (er sieht wieder in den Spiegel) daß ich etwa nicht imstande dazu wäre, wird niemand behaupten, aber — — ach was! Es ist Unsinn!
Baronin. Ich hielt es für meine Pflicht, Dir zu sagen, wie die Sachen hier liegen. Jetzt bist Du selbst da, um zu handeln. Ich verlasse mich ganz auf Deine Einsicht. (Sie erhebt sich.) Laß mich jetzt schnell einige Anordnungen für Seiler treffen. (Sie deutet nach rechts vorn.) Deine Zimmer dort kennst Du; Du findest darin alles zu Deiner Bequemlichkeit. (Sie geht links vorn ab.)
Major. Herzlichen Dank, Schwester! (Erneutes stummes

Als Manuscript gedruckt.

Spiel, erhöhte Aufregung. (Er nimmt den Spiegel wieder zur Hand, blickt hinein, streicht den Schnurrbart, dann legt er den Spiegel nieder und springt auf.) Hm! — Weshalb sollte es denn durchaus Unsinn sein!? (Er macht einige Schritte.) Hm, was wollte ich eigentlich sagen? — Mir ist ganz eigentümlich zu Muth. — Eigentlich — hm! Nicht imstande sein? — Na, das möchten wir mal sehen!

6. Scene.
Major. Mörser.

Mörser (von rechts hinten, mit blauer Stallschürze, eine neue Kartätsche in der Hand, sehr verlegen). Herr Major —
Major (fährt zusammen). Was giebt's? Was hast Du?
Mörser. Die Stute ist lahm.
Major. Schon gut. Pack die Koffer aus.
Mörser (für sich). Wie?! Schon gut? (Lauter.) Herr Major — die Stute ist lahm.
Major. Schrei nicht so! — Ich höre es ja. — Das wird vorübergehen.
Mörser (für sich, erstaunt). Was —?!
Major. Du sollst die Koffer auspacken.
Mörser (will nach rechts vorn). Zu Befehl, Herr Major.
Major. Hast Du die neue Bürstengarnitur mitgebracht?
Mörser (an der Thür, macht Front, zeigt die Kartätsche). Zu Befehl, Herr Major. Sie kitzelt noch.
Major. Mensch! Laß endlich die Pferde! Ich spreche von mir. Geh, pack aus und leg' mir die Bürsten zurecht. Ist Pomade mitgekommen?
Mörser. Zu Befehl. Ich hab' ihr den Huf schon eingeschmiert.
Major. Himmel! Immer die Lise! Du scheinst ja ganz verwachsen mit ihr zu sein!
Mörser. Das waren der Herr Major früher auch.
Major. Förmlich ein Centaur!
Mörser. Zu Befehl. — Das hat mir noch kein Mensch gesagt.
Major (lacht). Glaub' ich, glaub' ich! Ha, ha! Geh' jetzt endlich.
(Mörser rechts ab. Aus dem Garten kommen Seiler und Anna, Arm in Arm.)

7. Scene.
Major. Seiler. Anna.

Major. Na, da seid Ihr ja schon.
Seiler. Empfangen von der Sonne des Hauses.

Anna. Wo hast Du die Mama, Onkel?
Major. Sie ging Anordnungen für Seiler zu treffen.
Anna. Ich will ihr sagen, daß wir da sind. (Links vorn ab.)
Seiler. Vielen Dank, mein schönes Kind.

8. Scene.

Major. Seiler. (Dann) **Mörser.**

Major (nach stummem Spiel, während er Seiler wiederholt zweifelnd angeblickt hat). Sag' mal, Seiler — ich hab' da 'ne Gewissensfrage, die Du mir aufrichtig beantworten sollst.
Seiler. Laß hören.
Major. Ich setze den Fall, wir würden uns gar nicht kennen und begegneten uns zufällig auf der Straße.
Seiler. Nun? Und?
Major. Wie alt würdest Du mich schätzen?
Seiler (lächelnd, mit Ironie). Wahrscheinlich würde ich Dich gar nicht bemerken.
Major. Diese Antwort hätte ich eigentlich voraussetzen sollen. — Wenn Du mich sähest — wie alt?
Seiler. Für einen ziemlich konservierten Sechziger.
Major. Daß Dich! — Höher nicht? Du bist ja wieder ungemein liebenswürdig. (Er betrachtet Seiler von allen Seiten.)
Seiler. Weshalb betrachtest Du mich so aufmerksam?
Major. Ja, siehst Du — Dich würde ich bedeutend jünger geschätzt haben, weit unter Deinem wirklichen Alter.
Seiler. Sehr freundlich.
Major. Es liegt eine gewisse Frische auf Dir, um die ich Dich ordentlich beneide.
Seiler. Das ist vielleicht nur Verdienst meines Kammerdieners.
Major. Meinst Du? — Du, da möchte ich mich doch auch einmal dessen Händen anvertrauen.
Seiler. Wenn es Dir Vergnügen macht?
Major. Mein Mörser ist ein braver Bursche, aber als Friseur nicht sehr empfehlenswert.
(Mörser kommt zurück.)
Seiler. Mörser, der Herr Major wünscht von meinem Diener frisiert zu sein; sagen Sie es ihm.
Mörser (erstaunt). Zu Befehl. Ich zieh doch dem Herrn Major den Scheitel.

Als Manuscript gedruckt.

Major. Ruhig! — Du sollst etwas lernen. Kannst dabei sein. — Es ist nur — (Mörser hinten rechts ab. Zu Seiler, der ihn spöttisch lächelnd ansieht) nur — weil — na! Ich möchte eben auch einmal anständig frisiert sein! Was ist denn da weiter?! (Rechts vorn ab.)

Seiler (sieht dem Major kopfschüttelnd nach). Kuriose Einfälle. Er fragt mich, wie alt ich ihn schätzen würde, wenn ich sein Alter nicht kennte — jetzt will er sich durch meinen Diener frisieren lassen, das heißt, herausputzen — den irritiert irgend etwas Unerwartetes.

(Ein Diener kommt mit Mörser von rechts hinten, beide rechts vorn ab.)

9. Scene.
Seiler. Baronin.

Baronin (begrüßt Seiler sehr herzlich). Wie sehr erfreut mich Ihr Besuch, teurer Freund!

Seiler. Nennen Sie es einen Ueberfall, gnädigste Frau, an dem jedoch der Major die Schuld trägt.

Baronin. Ei, ei, so sind Sie nur gezwungen gekommen?

Seiler. Als wahrheitsliebender Mensch muß ich bejahen.

Baronin. Schämen Sie sich!

Seiler. Verzeihen Sie! Ich will nur sagen, daß ich mich nicht auf dem Wege hierher befand, als ich dem Major begegnete, der mich bewog, meine Schritte hierher zu lenken. Und, verehrte Freundin, erlauben Sie mir hinzuzusetzen, daß ich mich freudig dem Wunsche fügte. (Er schüttelt der Baronin noch einmal die Hand. Sie setzen sich.)

Baronin. Wir hörten lange nichts von Ihnen. Sind Sie immer noch der unstäte Wanderer von Ort zu Ort?

Seiler. Ach nein. Ich ziehe es schon seit einiger Zeit vor, das wahre Glück im ruhigen, beschaulichen Leben zu suchen und vom sichern Standpunkt aus dem Treiben der Welt zuzuschauen, den Irrenden zu warnen und ihn auf den rechten Weg zu führen, wie und wo sich mir Gelegenheit dazu bietet.

Baronin. Wie vermögen Sie das, wenn Sie sich von der Welt zurückgezogen haben?

Seiler. Thorheiten begegnen wir überall, die wir bei anderen leider immer schneller entdecken als die eigenen.

Baronin. Und?

Seiler. Ich fand bei meinen Streifzügen in drei Welt=

teilen so manchem Menschen, der mir sympathisch wurde und dessen Geschick ich selbst verfolgte oder durch Freunde verfolgen ließ, um rechtzeitig eingreifen zu können, wenn ein Irrlicht ihm Gefahren bereitete.

Baronin. So sind Sie der alte, liebe Berater und Helfer geblieben. Wie könnte es bei Ihrer Herzensgüte auch anders sein. Ich freue mich sehr, daß Sie gerade jetzt gekommen sind.

Seiler. Sollte es auch hier zu raten und zu helfen geben?

Baronin. Sie werden mich bei der Heilung einiger mir teurer Patienten unterstützen.

Seiler. Ah! Birgt Falkenhorst solche, wo man sonst nur fröhliche Gesichter unter Ihrer zarten Fürsorge sah?

Baronin. Sie sollen meine Patienten sehen und werden sie zu behandeln wissen. (Sie erhebt sich.) Machen wir einen Spaziergang in dem Garten, mein Freund, wo wir ungestört plaudern können.

Seiler (reicht der Baronin den Arm). Darf ich bitten?

Baronin (nimmt Seilers Arm). Es wäre ohnehin eine Sünde, Sie jetzt ans Zimmer zu fesseln, da Sie zu diesem Zwecke nicht aufs Land gekommen sein dürften. (Sie gehen dem Ausgang nach dem Garten zu, Hans und Charlotte kommen ihnen mit Blumenbouquets entgegen.) Ah! Die Blumen! Habt ein wenig Geduld. Mein Bruder dürfte bald hierher zurückkehren. (Mit Seiler nach dem Garten ab.)

10. Scene.

Hans. Charlotte.

Charlotte. Nun, Herr Hans von Egloff?
Hans. Nun, Fräulein Charlotte?
Charlotte. Wollen wir ein bischen Klavier spielen?
Hans. Es ist längst zwölf vorüber.
Charlotte. Sie wollen nicht, gut!
Hans. Aber! Wir kamen doch überein, stets die zwölfte Stunde für die Musik zu wählen?!
Charlotte. Gut, gut. Also ein andermal. Jedenfalls könnten Sie ein freundlicheres Gesicht zeigen.
Hans. Ich leiste, was ich kann.
Charlotte. Bei der Begrüßung von Gästen muß man Frohsinn heucheln, auch wenn man innen ganz und gar zerrissen ist. (Sie lacht.)

Als Manuscript gedruckt.

Hans (deutet auf die Brust mit humoristisch gefärbter Schwermut). Könnten Sie nur einmal da hineinschauen.

Charlotte (wehrt ab). Brr! Kein Verlangen! Es muß ein gräßlicher Anblick sein.

Hans. Und dennoch treiben Sie grausamen Scherz mit mir.

Charlotte. Nicht mit Ihnen, sondern mit Ihrem unausstehlichen Weltschmerz.

Hans (seufzt, mit Selbstspott). Würden Sie meine Geschichte kennen, so fände ich Ihr Mitleid, nicht Ihren Spott.

Charlotte. So erzählen Sie doch endlich Ihre „Geschichte"!

Hans. Dürfte ich es nur.

Charlotte. Fortwährend deuten Sie darauf hin und lassen mich oft glauben, daß Sie im nächsten Augenblick interessant werden könnten, bleiben aber...

Hans (lachend). So langweilig wie zuvor.

Charlotte. Ich weiß, Sie sind sehr empfindlich gegen Widerspruch. (Sie lacht.)

Hans. Umgekehrt, Fräulein Charlotte.

Charlotte. Ist es denn erhört?! Ein junger Mann, einigermaßen ausgestattet mit äußeren und inneren Vorzügen...

Hans. Sie übertreiben schon wieder!

Charlotte. Sie überhörten das „einigermaßen" — auch kennen Sie die Bescheidenheit meiner Ansprüche.

Hans. Bis auf das Verlangen, meinen inneren Menschen ganz und gar zu verleugnen und ein anderer zu werden.

Charlotte. Mit voller Berechtigung! Es ist eine Sünde, unter lauter heiteren Menschen den Weltschmerzler zu spielen!

Hans. Meine Erfahrungen...

Charlotte. Ha! Sehen Sie sich doch einmal unsere Gäste an! Der Major, kein Jüngling mehr, wie Sie, und doch mit den elastischen Bewegungen eines solchen und immer heiteren Gesichts!

Hans. Die Fahrt durch die frische Luft, die Ankunft bei Freunden und deren Begrüßung erzeugten eine Aufregung bei dem alten Herrn, die Sie fälschlich für jugendliche Frische ansehen.

Charlotte. Der Sonnenschein ist mir immer lieber als grauer Himmel!

Hans. Warten wir ein paar Tage; vielleicht wechseln der Herr Major und ich die äußere Physiognomie des Wetters.

Charlotte. Und Herr von Seiler! Noch älter als der Major und lebensfreudiger als Sie! Ich mag nun einmal die

Menschen nicht leiden, die an Weltschmerz kranken! (Der Major erscheint rechts, sorgfältig umgekleidet und frisiert.) Ah! — Sehen Sie! Das könnte Ihr jüngerer Bruder sein!

11. Scene.
Vorige. Major.

Charlotte. Ei, Onkel! Du hast Toilette gemacht?!
Major (betrachtet sich selbstgefällig, schlägt hier und da ein Stäubchen ab und sucht fortan durch viel Beweglichkeit und Galanterie den Schwerenöter herauszubeißen). Ich habe nur den Staub der Reise abgeschüttelt.
Charlotte. Wie ein Jüngling siehst Du aus!
Major. Kleine Schmeichlerin! — Welch herrliche Blumen habt Ihr da?
Charlotte. Zum Schmuck Deiner Zimmer bestimmt.
Major. Du hast meine Liebhaberei nicht vergessen. Auch Sie, Herr von Egloff, bemühen sich um mich?
Hans. Ich danke es der Güte von Fräulein Charlotte, Ihnen diese kleine Aufmerksamkeit erzeigen zu dürfen.
Charlotte. Geben Sie, Herr von Egloff, ich will sie jetzt nach des Onkels Zimmer tragen. (Mit den Blumen rechts vorn ab.)

12. Scene.
Major. Hans.

Major (setzt sich). Hörte ich vorhin recht, Herr von Egloff, so ist Ihre Frau Mutter eine Rohrfeld.
Hans. Ganz recht, Herr Major.
Major. Ich kannte ein Fräulein von Rohrfeld — vor einigen Jahren — ein reizendes Mädchen. Vielleicht eine ältere Cousine?
Hans. Ist dem Herrn Major deren Vorname erinnerlich?
Major. Wenn ich nicht irre, so war es Selma.
Hans. Das ist meine Mutter, Herr Major.
Major (verstimmt). So. — Möglich. — Meine Begegnung mit Fräulein von Rohrfeld ist vielleicht länger her, als ich es glaubte. — Vielleicht ist es auch eine andere Selma. — Woran leiden Sie, junger Mann?

Als Manuscript gedruckt.

Hans. Ich, Herr Major?
Major. Sie suchen in der Landluft Erholung, sagte man mir.
Hans. Allerdings; jedoch von keinem körperlichen Leiden.
Major (blinzelt). Aha, verstehe.
Hans. Der Herr Major verstehen?
Major. Seelenleiden? Où est la femme? Wie?
Hans. Ich bewundere den Scharfsinn des Herrn Majors.
Major. Das kennt man, junger Herr. Aber man kommt darüber hinaus, glauben Sie mir.
Hans. Sie sprechen aus Erfahrung.
Major. Einige hat man wohl. (Streicht seinen Schnurrbart.) Junger Freund, wird man alt... älter, so erscheinen einem dergleichen Seelenleiden wie unbedeutende Regenschauer vergangener Tage, die einen gelegentlich durchnäßten — doch wird man wieder trocken, sehr trocken.
Hans. Ich glaube dem Herrn Major aufs Wort, und habe ich einmal Ihr Alter...
Major (etwas gereizt). Ich sprach nicht von mir, sondern im allgemeinen. (Steht auf.)

13. Scene.

Vorige. Anna. (Dann) Charlotte.

Anna (von links vorn, mit kleinen Abänderungen in der Toilette, etwas zurückhaltend). Jetzt bin ich ganz zu Deiner Verfügung, lieber Onkel.

Major (voll jugendlicher Galanterie). So wollen wir plaudern. Wir haben uns wohl so manches zu sagen. (Wirft Seitenblicke auf den störenden Hans.)

Hans. Wobei der Dritte überflüssig ist.

Anna. Oh — bitte — Herr von Egloff. Nur weil der Dritte dem Gespräche von Verwandten über deren eigene Erlebnisse kein Interesse abgewinnen wird.

(Charlotte von rechts vorn. Der Major sucht noch einmal den Spiegel zu erlangen und hinein zu blicken.)

Hans. Nehmen Sie mich wieder mit, Fräulein Charlotte. Die Herrschaften hier können mich nicht brauchen.

Charlotte (lacht). Ich danke für Ihren Appell an meine Bescheidenheit. Kommen Sie.

(Charlotte und Hans nach dem Garten ab.)

14. Scene.

Anna. Major. (Später) **Ein Mädchen.**

Major (weiß den Ton nicht zu finden, tritt an den Tisch, verlegen). Also, liebe Anna —
Anna (verlegen). Lieber Onkel?
Major. Nun sage mal —
Anna. Du wünschest?
Major. Ich meine — (für sich). Nette Geschichte; ich steh da, wie'n Fähnrich vorm Examen. — Sag' mal, liebe Anna, Du hast mich zuletzt gesehen, als Du noch Kind warst — wie entspreche ich nun heute Deiner Erinnerung — — das heißt, ich meine — welche Vorstellung hast Du Dir von mir gemacht?
Anna. Nun — Du bist älter geworden —
Major. So. — Bin ich das?
Anna. Doch gleichst Du dem Feldherrn auf jenem Bilde, (sie deutet ins Nebenzimmer links) von dessen Siegen mir die Mutter soviel erzählte, daß ich ihn bewundern lernen mußte!
Major (aufleuchtend). Also — Du bewunderst mich?!
Anna. Wenn ich Dich so betrachte — ach! in Uniform mußt Du stattlich aussehen!
Major. In Uniform — (beiseite, ärgerlich) Verflucht — ich hab' sie gar nicht mitgebracht!
Anna. Nicht wahr, Dein Element ist die Schlacht?
Major. Element? — Natürlich! Freilich! — Aber man kann doch nicht immer Schlachten schlagen — glaubst Du, daß für den Krieger der häusliche Herd keine Reize bietet?
Anna (schwärmerisch). Gewiß! Am häuslichen Herd verbindet dem heimgekehrten Krieger die sorgende Hausfrau die Wunden. Ihre Hilfe läßt ihn schneller genesen und neue Kräfte gewinnen, hinauszuziehen, neuen Siegen entgegen!
Major. Ja, ja. Wenn man das Lazarettfieber gut übersteht und der vermaledeite Krieg inzwischen nicht beendet ist.
Anna (wie oben). Lese ich die Thaten unserer Vorfahren, so wünsche ich wohl, im Mittelalter geboren zu sein, um jene glorreichen Zeiten erlebt zu haben, in denen jeder Mann ein Held war.
Major. Du schwärmst ja förmlich für das Rittertum! Und — übrigens — wir thun ja jetzt auch noch unsere Pflicht,

Als Manuscript gedruckt.

wenn es dem Vaterlande gilt. — Nun — sag mal — nach Oskar fragst Du gar nicht?

Anna (erkältet). Wie geht es ihm?

Major. Er malt. — Du zeigst wenig Interesse für ihn?

Anna. Verzeih', lieber Onkel, lassen wir Oskar. — Wie habe ich mich auf Dein Kommen gefreut! — Wir leben hier so abgeschlossen... Seit dem letzten Manöver in unserer Nähe sind zwei Jahre verflossen... das Militär... die Offiziere bringen ein ganz anderes Leben mit sich... Du bist auch Offizier... wenn ich Dir nur zu sagen wüßte — ich verehre Dich —

Major (hat mit steigender Freude zugehört und greift nach Annas Hand). Du — Du verehrst mich! — Na —

Anna. Ich weiß mich nur nicht so auszudrücken, wie ich es möchte. — Du bist mir nicht böse?

Major (sehr eifrig, freudig). Aber liebstes Kind! Beste Anna! (Beiseite.) Es geht, es geht!

Anna. Du bleibst ja jetzt länger hier — meine Scheu vor einem Manne wie Du wird mehr und mehr schwinden.

Major. Das versteht sich! (Beiseite.) Brillant, brillant für den Anfang!

(Ein Mädchen tritt links in die Thür, Anna bemerkt sie, nickt ihr zu und steht auf; das Mädchen geht links ab.)

Anna. Man ladet uns zu Tisch. Ich gehe, die Mama und Herrn von Seiler aufzusuchen, und hole Dich dann hier ab. Willst Du?

Major. Mach mit mir, was Du willst, mein herziges Kind! Ich bin ganz Dein Gefangener! (Anna nach dem Garten ab. Mörser kommt von rechts hinten. Sehr munter.) Der Urlaub fängt an wie keiner! Na; wir wollen sehen!

15. Scene.

Major. Mörser.

Mörser. Herr Major.

Major (reibt sich die Hände, lacht für sich und hört nur halb hin). Was willst Du?

Mörser. Herr Major, die Stute hat sich einen Nagel in den Fuß getreten und wird wenigstens acht Tage stehen müssen.

Major (wie oben). Gut, gut.

Mörser (höchst erstaunt). E—?!

Major. Ja so, das heißt, ich werde mir die Geschichte nach Tisch ansehen.

Mörser. Zu Befehl. (Er will gehen.)
Major. Mörser!
Mörser. Herr Major.
Major. Sag mal — die Uniform ist nicht mitgekommen?
Mörser. Zu Befehl. Der Herr Major wollten ja für die vierzehn Tage nichts von ihr wissen.
Major. Pst! — Sie wird fortan immer mitgenommen.
Mörser. Zu Befehl.
Major. Tritt mal näher heran. (Mörser tritt einige Schritte vor, nach einigem Zögern.) Sag mal, Mörser — wenn wir uns so auf der Straße begegneten, und Du würdest mich nicht kennen —
Mörser. Da würde mich wohl die Schwerenot holen!
Major. Du verstehst mich nicht. Ich meine — Du hättest mich nie gekannt — Du wüßtest nicht, daß ich der Major Plettenburg bin.
Mörser (grinsend). Herr Major, ich muß doch all' die Herren Offiziers von unserem Regiment kennen.
Major (ärgerlich). Himmel! — Nimm an, daß ich gar nicht Offizier wäre — daß ich — meinetwegen Kaufmann, ja, sagen wir „Kaufmann" sei, und Du gehst an mir so auf der Straße vorüber — und sähest mich an und sagtest zu Dir: „Wie alt kann der Mann wohl sein, der da vorbeigeht, der Kaufmann, wieviel Jahre kann der haben? He? Wenn Du Dich das fragtest, was würdest Du antworten?
Mörser (grinsend). Zu Befehl, Herr Major. Ich würde sagen — das ist der junge Major Plettenburg — der Kaufmann — der kann so seine Stücker dreißig Jahre haben.
Major. Wahrhaftig?!
Mörser. Parole d'horreur!
Major (lacht und giebt Mörser einen kleinen Schlag auf die Schulter). Du hast ein scharfes Auge, Mörser! — Geh! (Während Mörser hinten rechts abgeht, streicht der Major höchst vergnügt seinen Schnurrbart und richtet sich stramm auf.) Nicht imstande sein?! — Das soll ein ereignisreicher Urlaub werden! (Er wendet sich den im Garten erscheinenden Seiler, Baronin, Charlotte, Hans und Anna zu.)

(Der Vorhang fällt.)

(Ende des ersten Aktes.)

Als Manuscript gedruckt.

Zweiter Akt.

(Dieselbe Dekoration.)

1. Scene.

Seiler. Baronin. (Dann) Major.

Baronin. Wissen Sie wohl, teuerer Freund, daß mir die ganze Angelegenheit jetzt schon in einem bedenklichen Licht erscheint? Daß ich einen sehr unerwünschten Ausgang befürchte?

Seiler. Sie sehen zu schwarz, verehrte Frau. Beide, sowohl unser Major wie Fräulein Anna, sind zu gesunde Naturen, um ihren Irrtum nicht schließlich zu erkennen.

Baronin. Wenn es dann zu spät wäre!

Seiler. Unsere Lieben davor zu schützen, sind ja Sie, verehrte Freundin, und ich zur Stelle.

Baronin. Mein Bruder geht heute für einige Tage nach Berlin, um mit Oskar zu sprechen.

Seiler. Ich nehme es als ein gutes Zeichen, daß er mir bisher von der ganzen Sache nichts sagte. Ich hüte mich natürlich, ihm meine Kenntnis der Dinge durch Sie zu verraten.

Baronin. Sie sprechen von einem guten Zeichen?

Seiler. Unser Major ist mit seinem eigenen Gewissen nicht in Ordnung, sonst hätte er sich mir anvertraut.

Baronin. Wäre ich nur Oskars mehr sicher. Aber es ist nicht unmöglich, daß er den Eintritt des Vaters in seine Rechte, wenn ich so sagen darf, für eine Erlösung von gewissem Zwange betrachten könnte.

Seiler. Sobald Oskar Ihr Töchterlein gesehen haben wird, dürfte er eine Verdrängung aus seinen Rechten kaum noch dulden wollen.

Baronin. Seit drei Jahren hat er Falkenhorst nicht besucht.

Seiler. Man muß ihn hierherführen.

Baronin. Und wenn er inzwischen in dem großen Berlin sein Herz verschenkte? (Schnell.) Verstehen Sie mich nicht falsch, mein Freund. Ich beabsichtige keineswegs die Entschließungen Oskars und meiner Tochter gewaltsam zu durchkreuzen, wofür mir ja auch die Mittel fehlen würden, aber die Liebe Oskars zu einem andern Mädchen dürfte die Aussichten des Vaters bei meinem thörichten Kinde erhöhen.

Seiler. Wir wollen den Ausgang...

Major (im Frisiermantel, halb frisiert, öffnet rechts vorn weit die Thür). Seiler... (Er tritt schnell zurück und zieht die Thür an.) Ah! Pardon! Ich glaubte, Du wärest allein. Ich möchte Dich einen Augenblick sprechen. Später.

Seiler. Gern.

Major. Bitte, es hat keine Eile. (Ab.)

Baronin (lacht). Die liebe Eitelkeit. Als mein Bruder sich zum ersten Male verheiratete, hat er seiner Person kaum soviel Aufmerksamkeit geschenkt, als heute.

Seiler (lacht). Ja, nun, verehrte Frau, damals war es wohl kaum so nötig.

Baronin. Da verspotte man mir noch die Putzsucht der alternden Damen! — Darf ich eine Bitte an Sie richten, lieber Seiler?

Seiler. Hundert, teuerste Frau.

Baronin. Begleiten Sie meinen Bruder nach Berlin. Kommt es zu einer Aussprache zwischen Vater und Sohn, so bedarf Oskar vielleicht des Rates eines wohlwollenden ältern Freundes, und an wen sollte er sich wohl lieber wenden, als an Sie?

Seiler. Ich reise und werde Plettenburg nicht von der Seite weichen.

Baronin. Ich danke Ihnen. (Sie reicht ihm die Hand.) Ach, wenn ich Sie nicht hier gehabt hätte. Ihr Humor und Ihre Ruhe verstanden es, meine Sorgen zu zerstreuen.

Seiler. Befürchten Sie auch ferner nichts. Gesunde Naturen, und die besitzen wir ja alle hier, triumphieren nach kurzem Kampfe immer über Verirrungen des Herzens.

Baronin (erhebt sich). Der Himmel gebe, daß Sie recht behalten. Ich gehe, die Abreise vorzubereiten, und Sie wollen zu meinem Bruder?

Seiler. Ich will mich nach seinen Wünschen erkundigen. Vielleicht bequemt er sich jetzt zur Beichte über seine Herzens=angelegenheiten.

(Baronin lachend links, Seiler lachend rechts ab. Die Bühne bleibt leer. Die Dorfkirchuhr schlägt nicht zu langsam Zwölf in dumpfen Schlägen, unmittelbar darauf schlägt die Kaminuhr hell und schnell Zwölf. Während dessen kommt Charlotte aus dem Garten.)

Als Manuscript gedruckt.

2. Scene.

Charlotte. (Dann) Hans.

Charlotte (eilt schnell an das Klavier, öffnet es und schiebt einen Stuhl heran, ungeduldig nach hinten). Nun?! (Kleine Pause, dann hämmert sie auf die Tasten.)

Hans (eilig von hinten links). Bin schon da, gnädiges Fräulein!

Charlotte. Wenn es Ihnen kein Vergnügen macht, mit mir zu spielen, so sagen Sie es doch!

Hans. Es ist eben erst Zwölf!

Charlotte. Ach Herrje! Es ist eine Ewigkeit her, daß es geschlagen hat!

Hans. Keine Minute!

Charlotte. Wollen Sie lieber streiten oder lieber spielen?!

Hans. Bestimmen Sie nur, Fräulein Charlotte.

Charlotte (sucht unter den Noten). Wollen wir etwas Neues nehmen?

Hans. Wie Sie befehlen.

Charlotte. Hier. (Nimmt ein Notenblatt und liest den Titel.)*)

Hans. Bitte.

Charlotte (setzt die Noten auf den Halter). Nehmen Sie sich einen Stuhl. (Sie setzt sich in die Mitte des Klaviers.)

Hans (mit einem Stuhl in der Hand, neben Charlotte). Ich soll wohl nur mit einer Hand begleiten?

Charlotte. Was heißt das wieder?

Hans. Bei dem Plätzchen, das Sie mir da gelassen haben ...

Charlotte. Fangen Sie jetzt schon an?! Sie haben auch immer etwas!

Hans. Nicht das Geringste. Sie haben ja alles. Das heißt, Sie sitzen wieder viel zu weit über die Grenze.

Charlotte (springt auf). Bitte!

Hans (ordnet die Stühle). Bitte. (Sie setzen sich, Hans beginnt zu spielen, nach einigen Takten setzt Charlotte unzeitig ein, Hans hört sogleich, nach einem weiteren Takt, Charlotte auf.)

Charlotte. Nun?!

Hans. Sie haben wieder falsch gezählt.

Charlotte. Ich denk' nicht d'ran! Ich habe ganz richtig gezählt! Sie haben zu langsam gespielt!

Hans. Gewiß nicht! Ich spiele korrekt im Takt und hätte Ihnen gern nachgegeben; aber die Kunst verträgt das doch mal nicht.

---

*) Bleibt der Wahl der Darsteller überlassen.

Charlotte. Hei —! Da sind Sie wohl recht glücklich, daß Sie nicht nachgeben müssen, wie?! (Sie lacht übermütig.) Fangen wir von vorn an. (Das Spiel wird wiederholt und etwas verlängert, dann bricht Charlotte plötzlich ab.) Erlauben Sie — wollen Sie sich auf dem g da häuslich einrichten?
Hans. Was heißt das?
Charlotte. Sie bleiben ja auf der Taste wohnen!
Hans. Ich habe sie doch anzuschlagen!
Charlotte. Ich auch!
Hans. Drei Viertel zu halten!
Charlotte. Beim dritten Viertel setz' ich auf g ein!
Hans (blickt auf die Noten, kleine Pause, resigniert). Gut. — Ich werde die Taste ein Viertel früher frei geben.
Charlotte. Sehr freundlich.
Hans. Bitte.
Charlotte (seufzt komisch). Ach. — — Fangen wir von vorn an.
(Sie spielen. Nach kurzer Zeit setzt Charlotte ahnungslos ihren Fuß auf das Pedal, es entsteht eine Dissonanz, und Hans hört auf.)
Charlotte (weiter spielend). Was ist jetzt wieder los?!
Hans (schiebt, sich halb erhebend, seinen Stuhl ganz zurück und zeigt dann, sitzend, mit ausgestrecktem Finger auf den Fuß Charlottens, der auf dem Pedal ruht; sehr vergnügt). Da, da, da!
Charlotte (erschrickt heftig, macht unwillkürlich eine schnelle Bewegung mit den Händen, um ihr Kleid zusammen zu drücken, als ob sie irgend eine Unordnung daran befürchte, und blickt verwirrt nach unten, ohne den Fuß zurück zu ziehen). Was ist denn?! Was haben Sie?!
Hans. Halten Sie das Pedal für eine Fußbank?
Charlotte (zieht den Fuß zurück). Da machen Sie ein Aufhebens, als ob es brennt.
Hans. Dissonanzen sind weit ärger, als der schönste Brand. — Spielen wir weiter.
(Sie spielen weiter. Nach einigen Takten hat Hans zu pausieren, er lehnt sich in den Stuhl zurück, kreuzt die Arme und blickt selbstvergessen entzückt auf Charlotte, dann, an seine Geschichte denkend, seufzt er und streicht durch die Haare.)
Charlotte (ganz ins Spiel vertieft). Na! . . . Aufpassen doch! . . . Umwenden!
Hans (fährt erschreckt auf). Jawohl! Ja doch! (Er wendet das Blatt überstürzt um, die Noten fallen herab.) O weh!

Als Manuscript gedruckt.

Charlotte (springt auf). Jetzt dank' ich herzlich! Das nennen Sie Spiel?!
Hans (steht auf, begütigend). Aber Fräulein Charlotte.
Charlotte. Natürlich! Klavierspielen und „Reisen", das geht nicht!
Hans. Reisen?
Charlotte. Befinden sich Ihre Gedanken nicht wieder in der Schweiz?!
Hans. In der Schweiz? —
Charlotte. Oder dort herum, wo Ihre Geschichte passiert ist! (Mit Tonwechsel.) Herr von Egloff — ist es denn gar so schrecklich?
Hans. Was?
Charlotte. Was Sie in den Bergen verbrochen haben?
Hans. Verbrochen?
Charlotte (ungeduldig). Nun, ja doch! (Vertraulich.) Fassen Sie Vertrauen zu mir — betrachten Sie mich — als Ihre mütterliche Freundin.
Hans. Da muten Sie meiner Phantasie doch zuviel zu.
Charlotte. Ich verrate nichts. — Nicht wahr, Sie haben ein Unglück angerichtet?
Hans. Vielleicht —
Charlotte. Sprechen Sie ganz offen. — Stürzten Sie jemand in den Abgrund?
Hans (lacht). Aber Fräulein Charlotte!
Charlotte (gereizt). Aus Versehen?!
Hans. Gott bewahre!
Charlotte. Daß jemand in der Schweiz herunterfällt, kann doch vorkommen?!
Hans. Das kommt vor.
Charlotte. Also! — — Oder haben Sie jemand im Duell getötet?
Hans. Auch das nicht.
Charlotte (ärgerlich). Was haben Sie dann gemacht?!
Hans. Ich kann es nicht sagen! — Glauben Sie mir, Fräulein Charlotte, daß ich entsetzlich unter diesem Geheimnis leide. Doppelt — da ich es gerade Ihnen nicht offenbaren darf.
Charlotte. Gerade mir nicht?! — — Bilden Sie sich denn ein, daß ich es wissen will, was Sie auf dem Gewissen haben? (Seiler tritt von beiden unbemerkt ein.) Behüte der Himmel!

Hans. Ich glaubte, verzeihen Sie, daß einiges Interesse…

Charlotte. Daß Sie hier noch so frei verkehren, beladen mit einem Verbrechen, Gott weiß, was es sein mag, daß Sie so verstockt sind, das ist eigentlich fürchterlich!

Hans (geärgert). Aber ein Verbrechen ist es doch nicht!

Charlotte. Nun, dann etwas Aehnliches! — Man könnte Ihnen vielleicht helfen. — Oh! Ich weiß zu schweigen, und wenn Sie es mir sagen würden —? (Kleine Pause; Hans blickt zu Boden.) So behalten Sie es für sich! Sie sind gräßlich! (Sie eilt hinaus, Hans ihr nach, sie bleibt plötzlich stehen, ganz ruhig.) Jetzt frage ich Sie zum letzten Male. Sagen Sie es, oder sagen Sie es nicht?

Hans. Glauben Sie mir doch — es ist unmöglich.

Charlotte. Gut. Ich werde niemals wieder danach fragen. (Sie wendet sich gravitätisch zum Gehen, Hans folgt ihr.) Laufen Sie mir nicht nach!

3. Scene.

Hans. Seiler.

Seiler (lacht herzlich). Ihre unselige Geschichte müssen Sie loswerden, lieber Egloff!

Hans (kommt zurück). Wenn ich nur wüßte, wie?!

Seiler. Seit Ihrer Begegnung mit der Dame, wovon Sie mir erzählten, sahen und hörten Sie nichts mehr von ihr?

Hans. Nichts.

Seiler. Und das Ereignis war wirklich nicht anders, als ich es von Ihnen vernahm?

Hans. Ich habe Ihnen nichts verschwiegen. War es für eine Verlobung nicht genug?

Seiler. Hm. — Unter Umständen — vielleicht. Um Ihre Frage zu verneinen oder zu bejahen, müßte ich die Dame kennen.

Hans (seufzt). Wo sie finden?

Seiler. Ist es nicht auffallend, daß Ihnen der Name Ihrer „Braut" unbekannt blieb?

Hans. In jenem kleinen Gasthause, wo ich ihr begegnete, existierte der Zwang eines Fremdenbuches nicht und…

Seiler. Man nannte sich doch beim Verkehr?!

Hans. Es erfolgte wohl eine Vorstellung, da der vierzehntägige Regen uns an den Ort gefesselt hielt und häufige Berührungen unter den Touristen herbeiführte; doch wurde bei

Als Manuscript gedruckt.

solchen Gelegenheiten der Name überhört, wie das gewöhnlich ist, oder wieder vergessen.

Seiler. Aber bei Ihrem Interesse für die einzelne?

Hans. Man sprach im allgemeinen nur von der „gnädigen Frau." Erst am Tage nach meiner Erklärung fiel es mir ein, daß sie doch auch irgendwie heißen müsse! Zu spät! Sie war plötzlich verschwunden.

Seiler. Das Zeichen, das sie Ihnen bei der vermeintlichen Annahme Ihrer Werbung gab, erschien Ihnen als ein untrügliches?

Hans. Es konnte nicht deutlicher sein.

Seiler. Hm, hm!

Hans. Setzen Sie sich in meine fürchterliche Lage, Herr von Seiler! Ein mir unbekannter, plötzlicher Zwang entführte jene Dame, ohne ihr Zeit zu lassen für den Abschied, den Austausch der Namen, der Adressen...

Seiler. Wie?! Sie glauben, daß jene auch Ihren Namen nicht kennt? Unmöglich!

Hans. Ich hieß dort nur „der kleine Liszt", da ich dem Regen durch mein Klavierspiel die Spitze bot. So nannte auch sie mich und vergaß darüber wohl meinen Namen, wenn sie überhaupt jemals darauf geachtet hatte. — Raten Sie mir — was soll ich thun?

Seiler. Sich die ganze Geschichte aus dem Kopfe schlagen.

Hans. Ich bitte! Meine Ehre!

Seiler. Ah bah! Ich sehe Sie nicht engagiert! Liebe scheint Sie offenbar nicht an die mysteriöse Braut zu binden.

Hans. Die Länge der Trennung hat ihr Bild etwas verblassen gemacht. Vielleicht ist sie inzwischen gestorben?

Seiler. Die Liebe oder die Braut?

Hans. Beides. — Wer kann es wissen?

Seiler. So lebe die zweite!

Hans. Sehen Sie! Das ist es ja. Denken Sie, daß ich mit einer solchen zum Altar ginge, da tauchte plötzlich, wie üblich, hinter dem Kirchenpfeiler sie auf, um Einsprache zu erheben! Die neue Braut fiele, wie üblich, ohnmächtig in die Arme der Schwiegermutter, und sie schleppte mich zum Altar!

Seiler. Es wird so schlimm nicht werden.

Hans. Aber es könnte doch so kommen!

Seiler. Wir müssen den Aufenthalt der Braut entdecken.

Hans. Vielleicht durch Annonce?

Seiler. Gott bewahre! — Der Herr Major Plettenburg

und ich gehen für einige Tage nach Berlin. Haben Sie Lust, uns zu begleiten?
Hans. Mit Vergnügen.
Seiler. Sie lernen da den Sohn des Majors kennen. Er ist Maler, in allen, selbst in den höchsten Kreisen bekannt und beliebt, er kennt die halbe Welt und gehört zu den liebenswürdigsten Menschen.
Hans. Ich sehne mich danach, ihm vorgestellt zu werden.
Seiler. Das soll geschehen. Und wer weiß, vielleicht kommt uns der Zufall zu Hülfe und führt uns durch Oskar von Plettenburg auf die Spur der Verschollenen.
Hans. Das wäre prächtig!
Seiler. So packen Sie Ihr Ränzel; in einer halben Stunde fahren wir.
Hans. Ich eile! (Rechts hinten ab.)
Seiler. Den treibt die Sehnsucht, seine Braut — loszuwerden!

4. Scene.
Seiler. Major.

Major. Also, lieber Freund, Du begleitest mich nach Berlin?
Seiler. Ja.
Major. Freut mich, freut mich. Die Offenbarungen vor meinem Sohn — hm — es wird mir lieb sein, Dich in der Nähe zu haben.
Seiler. Sehr ehrend für mich.
Major. Bei solch einem Schritt — man fühlt sich da so — man fühlt sich beruhigt, wenn man einen ältern Freund in der Nähe weiß.
Seiler (erstaunt). Du —? (Lacht.) Aelterer Freund! Ausgezeichnet! Mach keine Witze!
Major (verletzt). Bitte, bitte, lieber Seiler, bei unserer dreißigjährigen Freundschaft, mäßige Dich. — Seh ich aus, wie ein Witz?
Seiler. Wenigstens willst Du doch à tout prix witzig erscheinen. Du wirst von mir nicht verlangen, daß ich die ganze Sache ernsthaft nehme.
Major. Ich möchte Dich dennoch darum bitten. — Anna — bewundert mich — verehrt mich — sie hat gesagt, daß sie sich nicht recht ausdrücken konnte — ich sage Dir, sie liebt mich!

Als Manuscript gedruckt.

Seiler. Ich soll das glauben?
Major. Ist das so erstaunlich?
Seiler (trocken). Ja.
Major. Das findest Du wohl nur, weil Du Dir von der Liebe keine Vorstellung mehr machen kannst.
Seiler. Da irrst Du gewaltig. Gerade weil ich weiß, was Liebe heißt, halte ich eine Neigung Annas zu Dir, die etwa die allgemeine Verwandtenliebe übersteigen sollte, unmöglich.
Major. Und ich sage Dir, ich werde das Mädchen heiraten!
Seiler (trocken). Wohl bekomm's. — Uebrigens ist es mir noch nicht ganz klar, wie Du die älteren Ansprüche Oskars aus der Welt zu schaffen gedenkst.
Major. Ansprüche! Ansprüche! Schiebungen! Oskar zeigte bisher keinerlei Leidenschaft für Anna.
Seiler. Du kamst doch mit der Absicht hierher, für Deinen Sohn und nicht für Dich um Anna zu werben.
Major. Allerdings. Daß Anna mich vorzieht, habe ich erst hier erfahren.
Seiler. Immerhin möchte ich sein Gesicht sehen, wenn er vernimmt, daß sein Vater um das ihm bestimmte Mädchen freit.
Major. Dies Vergnügen sollst Du haben, denn ich ersuche Dich nochmals, mit meinem Sohne die Angelegenheit vor meiner Begegnung mit ihm zu besprechen.
Seiler. Und wenn ich mich weigere?
Major. So nehme ich Dich gar nicht mit nach Berlin.
Seiler (lacht). Nun — überlege ich es mir recht — vielleicht ist es wirklich besser, wenn ich Oskar zuerst von Deinen Absichten unterrichte.
Major. Ich danke Dir. Die für diese delikate Sache nötige Vorsicht und den erforderlichen Takt brauche ich Dir nicht anzuempfehlen. (Anna und Charlotte erscheinen im Garten.) Da sind die jungen Damen! (Er kehrt Seiler den Rücken zu.) Thu mir den Gefallen und sieh einmal, ob mir da hinten alles in Ordnung ist. Mich quält immer ein Gefühl, als ob mir irgendwo etwas losgegangen sei.
Seiler (betrachtet ihn lächelnd). An Deinen Kleidern nicht.
Major. Das Zivil ist für den Offizier wirklich zu lächerlich! Man fühlt sich niemals zuhause darin.
Seiler. Die Zivilgarnitur bei einem älteren Offizier auf Freiers-Füßen bekundet einen gewissen Leichtsinn.
Major. Was willst Du damit sagen?
Seiler. Hm — die gute Hälfte macht die Uniform.

Major (geärgert). Du — ich will Deine Gewaltwitze Deinem Alter zugutthalten. (Nach dem Garten ab.)
Seiler. Ich danke Dir. (Er tritt an das Bücherspind, ein Buch herauszunehmen.)

5. Scene.
Seiler. Mörser.

Mörser (von rechts vorn, ohne Seiler zu sehen, für sich). Ich kündige. — Der Mann wird sich schwer grämen, aber es geht nicht anders. Die Wirtschaft halte ich nicht aus! — Wie er sich anstellt! — Und was für Fladusen läßt er sich von dem Hanswurst, dem Kammerdiener einreden. Weiß Gott, der alte Seiler ist soweit ein ganz gemütliches Haus, aber sein Diener ist ein gefährlicher Mensch. Und von dem soll ich etwas lernen? Das ist ein Schimpf auf meine alten Tage. — Ich kündige. (Er will gehen.)
Seiler. Sind Sie mit Ihrem Monolog fertig?
Mörser. Zu Befehl, gnädiger Herr (knurrend). Ich bin mit allem fertig.
Seiler. Was regt Sie so gewaltig auf?
Mörser (wie oben). Gnädiger Herr —
Seiler. Nun? — Sprechen Sie offen. Ich bin ein ganz gemütliches altes Haus, mit dem man sich schon verständigen kann. Wer und was hat Sie gekränkt?
Mörser. Zu Befehl, gnädiger Herr. Soll ich mal reden?
Seiler. Wenn es in Ruhe und Bescheidenheit geschehen kann?
Mörser. Man ist doch aus guten Häusern.
Seiler. Also?
Mörser. Wir sind zu unserem Unglück hier auf Urlaub gegangen. Der Herr Major werden sismatisch ruiniert.
Seiler. Was Sie sagen.
Mörser. Was machen sie hier alles mit unserm alten Herrn! — Zuerst der Diener vom Herrn von Seiler.
Seiler. Mein Diener? Was thut er Ihrem Herrn?
Mörser. Früher, als ich den Herrn Major bürstete, gab's gleich ein Donnerwetter, zog ich mal ein bißchen zu feste drüber hin.
Seiler. Und jetzt?
Mörser. Jetzt gehen sie über die teuern Haare her, daß Gott erbarm!

Als Manuscript gedruckt.

Seiler. Teuer?

Mörser. Jedes ausgerissene Haar kost'n Dukaten, pflegte der Herr Major zu sagen. Jetzt werden sie ihm schockweise ausgerupft.

Seiler. Die grauen.

Mörser. Ja. — Nur die andern bleiben stehen.

Seiler (kopfschüttelnd, für sich). Die Jagd nach der Jugend bringt es zu tollen Erscheinungen.

Mörser. Komm ich wieder ran, so kann ich den Herrn Major mit dem Schwamm kämmen.

Seiler. Das ist wahrscheinlich.

Mörser. Zwanzig Jahre hab ich den Herrn Major geklopft und gebürstet und in Ordnung gehalten, und er ist zufrieden gewesen. Jetzt taugt gar nichts.

Seiler. Ein ordentlicher Diener, mein lieber Mörser, verträgt die Launen seines Herrn, der ihm zwanzig Jahre mehr Freund als Gebieter gewesen ist, ohne Murren.

Mörser. Zu Befehl, gnädiger Herr. Es ist auch nicht um mich; aber was soll aus uns werden, wenn unser alter Herr wieder heiratet?

Seiler (überrascht). Heiratet?! Von wem haben Sie das?

Mörser. In der Küche sagen sie so.

Seiler. Schämen Sie sich nicht, auf den Küchenklatsch zu hören?

Mörser. Zu Befehl. — Bedientenklatsch — Herrschaft Schicksal.

Seiler. Darin liegt zweifellos viel Wahres.

Mörser. Gnädiger Herr — ich hätte eine Bitte. Muß schon geheiratet werden — nicht zu jung — nicht zu jung. Es ist noch nie was Gescheites draus gekommen.

Seiler. Ich will Ihre Weisheit dem Herrn Major nicht vorenthalten, er wird sie sich wohl zu Herzen nehmen. Inzwischen beschäftigen Sie sich mehr mit dem Stall und weniger mit der Küche.

Mörser. Zu Befehl, gnädiger Herr. (Hinten rechts ab.)

Seiler (während er, sich setzend, in dem Buche blättert). Die Mägde schwatzen es am Herd und am Waschfaß, die Vögel zwitschern es von den Dächern. Das ist ja recht hübsch. Der gute Plettenburg ist nahe daran, sich in seine Thorheit zu verrennen und am Ende bedarf es gar der Gewaltmittel, ihn vor sich selbst zu schützen. (Er liest.)

6. Scene.

Seiler. Anna. Major.

Anna (am Arm des Majors). So beabsichtigst Du nur einige Tage fort zu bleiben?

Major. Ich hoffe, daß sich meine Angelegenheiten in Berlin schnell erledigen lassen werden. Morgen vielleicht schon. Uebermorgen findet die Hochzeit am Hofe statt —

Anna. Solch ein Fest bei Hofe muß herrlich sein! Gewöhnlich ist es mit einem Ball verbunden, nicht wahr?

Major. Freilich.

Anna. Falls wir den nächsten Winter in Berlin verleben, mußt Du uns Einladungen zu einem Hofball verschaffen! Dann fliege ich mit Dir bei rauschender Musik durch den Saal! Ach! Welch ein köstlicher Genuß!

Major. Das werden wir machen!

Seiler. Mit einem Lieutenant fliegt es sich jedenfalls besser.

Major (zu Seiler hinüber, unangenehm berührt). Meinst Du?

Seiler. Ja, das meine ich. Je höher die Charge, desto niedriger die Schwungkraft.

Major (zuckt die Achseln). Möchtest Du mir nicht gelegentlich einen Kaufpreis Deiner Späßchen in Bausch und Bogen nennen?

Seiler. Ach nein, lieber Plettenburg; sie werden nur einzeln und gratis abgegeben. (Er lacht.)

Major. Recht schade. (Er mißt Seiler mit Blicken und bekämpft mühsam seinen Aerger.)

Seiler (schließt das Buch und sieht nach der Uhr). Es dürfte Zeit sein, an die Abreise zu denken. Vertiefe Dich nicht zu sehr in Betrachtungen mit Deiner lieben Nichte, damit Du die pünktliche Abfahrt nicht versäumst. (Lächelt und nickt dem Major zu.) Es ist unangenehm, „zu spät" zu kommen. (Hinten links ab.)

Major (wie oben). Befürchte nichts.

7. Scene.

Anna. Major.

Anna. Herr von Seiler erscheint mir oft — wie soll ich es nennen? So eigentümlich?

Als Manuscript gedruckt.

Major. Man muß mit ihm nicht ins Gericht gehen; er wird alt.

Anna. Ist er viel älter als Du?

Major. Oh — doch. — Er kommt uns da mit den Lieutnants! Was das heißen soll?! Wen interessiert denn das?! Keinen Menschen! Oder hast Du besondere Schwärmerei für diese jungen Herrchen?

Anna. Oh nein!

Major. Nicht wahr?! Das ist noch alles so unreif, so leichtsinnig — so — — bis der Mensch nicht Rittmeister geworden ist, füllt er seinen Platz nicht aus!

Anna. Ich glaube es Dir, Onkel.

Major. Mit dem Rittmeister beginnt das Leben erst!

Anna. Und welch beneidenswertes Leben!

Major. Hat man es bis zum Obersten gebracht, so schaut man befriedigt zurück und bereitet sich allmählich zum Ausruhen vor.

Anna. Aber man wird doch erst Major nach dem Rittmeister?

Major. Richtig! — Richtig! — Ja, der Major — siehst Du, der Major. — Frag' mal in der Armee, mein liebes Kind, nach der Bedeutung des Majors! Die Jugendthorheiten hat er hinter sich, das „Regiment" vor sich! Er — er steht an scharfer Ecke, wo er sich als Mensch und Major zu legitimieren hat. Kommt er drüber weg, so darf er behaupten, daß Verdienst und Glück auf seiner Seite sind, daß er die Goldprobe bestanden hat. Seine Brust erfüllt die volle Daseinswonne, denn er hat, wie der Jüngling, der ins Leben tritt, etwas zu sorgen, zu hoffen und zu fürchten, ihm ruhen noch, wie der Dichter sagt, im Zeitenschoße, die schwarzen — und so weiter. Der Major ist der Mann, der sich mit den Nachempfindungen des Lieutenants und den Vorempfindungen des Obersten so ... so juste milieu auf der Höhe des Daseins befindet; ein Mann im schönsten Alter, ein Vorbild den jungen Kameraden, durchdrungen vom rechten Humanitäts- und Freundschaftsprinzip auch dem jüngsten Lieutenant gegenüber, der beliebteste Gast bei Tisch, der flotteste Gesellschafter, Eroberer der Frauenherzen ... siehst Du, das ist der Major par excellence!

Anna (überschwänglich). Ach, Onkel! Ich bin entzückt! So stand immer das Ideal des Mannes vor mir! So wie

Du warst, nein, wie Du bist, so wünsche ich mir den Begleiter durch das Leben!

Major. Ha! Wirklich?! (Bei Seite.) Du sollst ihn haben!

8. Scene.

Vorige. Baronin (von links vorn. Dann) **Seiler** (von links hinten). **Mörser** (von rechts hinten). **Hans. Charlotte** (aus dem Garten).

Baronin. Es wird Zeit, lieber Bruder. Der Wagen ist vorgefahren.

Major (sehr erregt und fröhlich). Auf zur Attacke! Mörser, meine Tasche!

Mörser. Zu Befehl. (Rechts vorn ab.)

Major (wie oben). In zwei bis drei Tagen sind wir wieder hier, Schwesterchen, so Gott will; dann mögen die Würfel fallen!

Baronin. Und Oskar begleitet Dich hierher?

Major. Wollen sehen, wollen sehen! Wenn er sich von seinen Farbentöpfen trennen kann?

Seiler. Ich werde ihn zu veranlassen wissen.

Major. Na, na, Du bist ja sehr bestimmt. (Hans kommt.) Will der Geschichtenmann auch mit?

Seiler. Ich lud ihn dazu ein.

Major. Du spielst ja hier eine außerordentliche Rolle!

Baronin. Du bringst mir Herrn von Egloff wieder zurück, Bruder.

Major. Wenn es sein muß. (Man lacht.) Das heißt, wenn mir der junge Herr die Ehre seiner Begleitung erzeigen will?

Hans. Ich werde dem Herrn Major wie meinem Vater folgen.

Major (trocken). Danke.

Charlotte. Ja, Onkelchen, achte nur auf den Herrn mit dem zerrissenen Innern, damit er nicht zu Schaden kommt.

Mörser (ist von rechts vorn mit einer Handtasche, Mantel, Mütze und einem Fußsack eingetreten; er legt Tasche und Sack auf die Erde und will dem Major den Mantel umhängen).

Major. Nichts da! Könnte mir fehlen! Bin innen Krater! (Er zeigt auf den Fußsack.) Was ist denn das für ein Ding?!

<u>Als Manuscript gedruckt.</u>

Mörser. Zu Befehl. Der Fußsack.
Major. Was?! Du bist wohl toll geworden, Mörser?! Was soll ich denn mit einem Fußsack?! Schaff' mir das Ding aus den Augen!
Mörser. Zu Befehl. Haben der Herr Major kein freundliches Wort mehr für den Stall?
Major. Ja so! Der Schimmel wird jeden Tag eine halbe Stunde geführt, Abdallah eine Stunde geritten.
Mörser. Zu Befehl.
Major. Vorwärts jetzt! (Schnell und erregt; er küßt die Damen flüchtig auf die Stirn.) Adieu, Schwester! Adieu, Anna! Adieu, Charlotte! (Er will in der Eile und Zerstreutheit auch Seiler küssen.) Adieu, Sei... ja so, Du kommst mit! Also vorwärts! (Er geht schnell einige Schritte und kehrt sich wieder plötzlich zu Mörser um.) Was dieser Esel nur mit dem „Fußsack" wollte! Das Wort allein kann verstimmen! Vorwärts jetzt! Großen Ereignissen entgegen!
Mörser (erstaunt). Will sich der Herr Major pensionieren lassen?
Major. He?! Wer?! Ich?! Was fällt Dir denn ein?! Ich, auf der Höhe der Situation?! — Laß die Alarmsignale blasen, alter Seiler! Tummle Dich! (Er reicht rechts und links Anna und Charlotte den Arm.) Meine Damen?! (Alle gehen dem Ausgang zu.)
Mörser (verzweifelt). Das überlebt der Schimmel nicht!

(Der Vorhang fällt.)

Ende des zweiten Aktes.

Dritter Akt.

(Elegant ausgestattetes Maler-Atelier. Bilder, Büsten, Staffeleien u. s. w. Hinten ein Podium für Modelle, zu dem zwei Stufen führen. Auf demselben ein großer breiter Goldrahmen für ein lebensgroßes Kniestück. Eine spanische Wand, zwei kleine Sessel, einige Chenilleshawls. Das Podium ist durch eine Gardine dem Auge des Publikums zu entziehen. Breiter Ausgang nach einem elegant eingerichteten Vorzimmer, in dessen Mitte ein Tisch mit Skizzenbüchern und Albums. Links eine Thür und ein Fenster. Allgemeiner Zugang aus dem Vorzimmer von links.)

1. Scene.
Major.*) Seiler. Hans.

(Der Major betrachtet ohne Interesse die Bilder an den Wänden, Seiler macht es sich auf einem Fauteuil bequem. Hans, im Vorzimmer, blättert in einem Skizzenbuche.)

Major. Der Junge kommt noch nicht. — Verteufelte Situation das. — Ich erwarte sein Erscheinen sehnsüchtig und fürchte es zugleich.

Seiler. Angenehm kann es auch nicht sein, bei dem eigenen Sohne um dessen Braut zu werben.

Major (fährt auf). Braut, Braut! Sie waren nie verlobt! — — Wie er es wohl aufnehmen wird?

Seiler. Am Ende verweigert er Dir seinen Segen.

Major. Ich bitte Dich, laß das. Es ist ein sehr ernster Schritt, den ich da vorhabe.

Seiler. Sehr ernst. — Ein „verzweifelter" sogar. „Drum prüfe, wer sich ewig bindet."

Major. Wenn es Dir möglich sein sollte — ohne Citate. Sie verderben mir die Laune.

Seiler. Im Augenblick Deiner Werbung? Im Augenblick, da Du im Begriff stehst, Dein Lebensglück zu begründen? Das sollte mir leid thun.

Major. Ich weiß nicht — Du hast so etwas —

Seiler. Was?

Major. Du verstehst mich schon.

Seiler. Nein.

---
*) Es bleibe dem Darsteller überlassen, im dritten und vierten Akt in Uniform zu erscheinen.

Als Manuscript gedruckt.

Major. Ich meine Deine Spitzfindigkeiten, die gerade heute außerordentlich schlecht zur Situation passen.
Seiler. Dich peinigt das Gewissen.
Major. Gewissen? Woher?
Seiler. Wie könntest Du sonst glauben, daß ich die Lage nicht mit dem nötigen Ernst betrachte?
Major. Deinen Bemerkungen nach nicht.
Seiler. Ich bin mir meiner Aufgabe durchaus bewußt.
Major. Ich befürchte das Gegenteil.
Seiler. Ich bereite mit dem nötigen Zartgefühl Oskar auf den Schlag vor, der ihn treffen soll, während Du im Hintergrunde mit pochendem Herzen das Resultat erwartest.
Major. Na, peinlich bleibt die Sache.
Seiler. Weiß Dein Sohn alles, so stürzest Du herein, ihm zu Füßen, und er legt verzeihend und segnend seine Rechte auf Dein Haupt.
Major. Seiler!
Seiler. Was beliebt?
Major. Du bist unausstehlich!
Seiler (steht auf und lacht). Willst Du mir Deine Sachwaltung entziehen, so wird mich das sehr unglücklich machen, aber ich werde mich wohl darin finden müssen?
Major. Nein, nein! Thu, was Du willst. Es ist schon gut. Man wird eben mit Dir niemals fertig.
Hans (den Blick auf eine emporgehaltene Skizze gerichtet, überrascht). Ha!
Major (erschrickt). Ha?! — Was hat denn der da?!
Seiler. Er steht in Verzückung.
Major. In seinem Haupte rumort wohl wieder seine Geschichte?
Seiler. Vielleicht fand er Illustrationen dazu.
Major. Geh, nimm Dich seiner an, damit kein Unglück entsteht. Ich promeniere inzwischen ein wenig im Garten; die Erwartung macht mich nervös. (Links vorn ab.)

2. Scene.
Seiler. Hans.

Seiler (nähert sich Hans). Haben Sie eine Entdeckung gemacht, Herr von Egloff?
Hans. Sie ist gefunden!
Seiler. Wer?

Hans. Meine Braut! (Er reicht Seiler die Skizze.)
Seiler. Nicht übel. — Hm — je länger ich diese Skizze betrachte, desto bekannter erscheinen mir deren Züge.
Hans. Sie kennen die Dame?!
Seiler. Lassen Sie mich meine Erinnerungen sammeln. — Ich begegnete dem Original dieses Bildes schon. — Aber wo? — Jedenfalls wird uns der junge Plettenburg sagen können, wen es darstellt.
Hans. Ob diese Zeichnung käuflich ist?
Seiler. Käuflich? Kaum. Liegt Ihnen an deren Besitz?
Hans. Hm — (Er sieht Seiler lächelnd an.) Wenn ich mit Sicherheit wüßte, daß es meine Braut ist, so —
Seiler (ebenso). So müßten Sie anstandshalber das Bild zu erwerben suchen; wenn aber Ihre Braut nicht Ihre Braut ist, dann...
Hans (lacht). Dann nicht.
Seiler (lacht). Ehrlich währt am längsten. Nun, vor allem müssen wir von dem Künstler erfahren, wen er da skizziert hat.
Hans. Sie werden ihn fragen?
Seiler. Natürlich.
Hans. Recht vorsichtig.
Seiler. Befürchten Sie nichts. Vorsicht ist des Arztes erste Pflicht.
Hans. Des Arztes?
Seiler. Freilich. Ich fühle mich von lauter Kranken umgeben, Gott sei Dank ist keiner unheilbar — selbst Sie nicht. (Beide lachen.)

3. Scene.
Seiler. Hans. Oskar.

Oskar (tritt von hinten links schnell ein, freudig und erregt und begrüßt Seiler herzlich). Ah! Bester Herr von Seiler! Tausendmal willkommen! — Wo haben Sie meinen Vater?
Seiler. Er ist soeben nach dem Garten hinausgegangen. — Erlauben Sie mir, Ihnen hier Herrn Hans von Egloff vorzustellen, dessen Freundschaft ich auf Falkenhorst gewann.
Oskar (schüttelt Hans die Hand). Herr von Seiler macht mich zu seinem größten Schuldner durch Zuführung seiner Freunde. — Sie waren in Falkenhorst? — Nicht wahr, ein kleines Paradies an Land und Leuten?
Hans. Das ist es!

Als Manuscript gedruckt.

Oskar. Und nun, meine Herren, kommen Sie zu meinem Vater. (Sie kommen vor.)

Seiler. Einen Augenblick. Ich bitte Sie, Herr von Plettenburg, um eine kurze Unterredung, bevor wir hinausgehen.

Oskar. Sie haben zu verfügen, Herr von Seiler.

Hans. So darf ich mich wohl zu dem Herrn Major begeben?

Seiler. In wenigen Minuten folgen wir Ihnen. (Hans links vorn ab.)

4. Scene.
Seiler. Oskar.

Oskar. Ein liebenswürdiger junger Mann.

Seiler. Bis auf seine „Geschichte", ja.

Oskar. Wie?

Seiler (lacht). Davon später. Lassen Sie uns mit unseren Angelegenheiten beginnen.

Oskar. Was werden Sie mich hören lassen?

Seiler (während sich beide setzen). Ich war also mit Ihrem Herrn Vater in Falkenhorst.

Oskar. Aha! Dorthin verlegen wir den Schauplatz der Ereignisse, von denen Sie sprechen werden.

Seiler. So ist es. An der Seite Ihres Herrn Vaters durchstreifte ich dort Wald und Feld und genoß Naturschönheiten, wie zuletzt vor fünf Jahren, die wenig ihresgleichen haben.

Oskar. Ich nannte Falkenhorst soeben ein Paradies.

Seiler. Ihr Herr Vater nnd ich, wir gaben uns ganz den Genüssen des dortigen Aufenthaltes hin.

Oskar. Das Schreiben meines Vaters zeugt davon, obgleich mir manches in dem Briefe dunkel erschien.

Seiler. Seine Stimmung wurde erhöht durch den Gedanken, daß in kurzer Zeit Sie dort schalten und walten würden.

Oskar (erkältet). So.

Seiler. Ihre vortreffliche Tante, das Muster einer Frau und Mutter...

Oskar. Anna, das Muster eines Mädchens und Tochter! Mein lieber Herr von Seiler, Sie holen etwas weit aus. Die Eigenschaften meiner lieben Verwandten sind mir bekannt. Ich will Ihnen helfen. Mein guter Papa hat Sie ersucht, bei mir dahin zu wirken, daß ich mich aufmache, nach Falkenhorst gehe und um meine Cousine freie.

Seiler (lächelnd). Meinen Sie?

Oskar. Sagen Sie nichts, bester, alter Freund! Es ist von jeher ein Lieblingswunsch meines guten Papas gewesen, mich mit Anna verheiratet zu wissen.

Seiler. Das ist der Fall.

Oskar. Das Mädchen besitzt meine verwandtschaftliche Zuneigung in hohem Grade; ich dachte mir die Ehe mit ihr nicht unfreundlich; aber Liebe?! — Liebe, wie sie im Augenblick das Blut in tollen Sprüngen durch die Adern treibt, — Liebe, habe ich für Anna nie empfunden! — Glauben Sie, daß mein Vater sehr unglücklich sein wird, wenn er erfährt, daß ich Anna von Falkenhorst nicht heiraten kann?

Seiler. Hm — ich glaube, daß er diese Nachricht mit sehr gemischten Gefühlen aufnehmen wird.

Oskar. Man müßte ihn darauf vorbereiten.

Seiler. Erlauben Sie mir eine Frage, mein junger Freund.

Oskar. Ich bitte.

Seiler. Wann besuchten Sie Falkenhorst zuletzt?

Oskar. Vor drei Jahren.

Seiler. Fräulein Anna zählte damals, wenn ich nicht irre, fünfzehn, jetzt achtzehn Jahre?

Oskar. Ich glaube, daß es so ist.

Seiler. Sie kannten sie also nur als Kind?

Oskar. Gleichviel! Ich kann keine Liebe für eine Achtzehnjährige empfinden!

Seiler. Sie scherzen! Ein Mann in Ihrem Alter sucht sein Ideal nur in dem jugendfrischen Mädchen.

Oskar. Ich nicht! Es ist mir angeboren, daß meine Neigungen von jeher Frauen zugewandt waren, welche die Einfalt der Jugend hinter sich hatten.

Seiler. Pardon! Dergleichen irregeleitete Gefühle werden nicht angeboren.

Oskar. Oh! Sie sollten sie sehen, die Dame, die ich liebe! Was kann mir Anna sein! (Er legt beide Hände auf Seilers Schultern.) Väterlicher Freund, sprechen Sie mit meinem Vater.

Seiler. Auch das noch! Ich führe dadurch das Unglück herbei, dem ich zu wehren gedachte.

Oskar. Unglücklich kann nur ich werden, wenn mein Vater meine Wahl nicht billigt und mich zu der Verbindung mit Anna von Falkenhorst zwingen will!

Seiler. Verständigen wir uns. Ihr Herr Vater hat ein

Als Manuscript gedruckt.

großes Herz — größer als Sie glauben, und er wird Ihren Wünschen keinen Widerstand entgegensetzen, wenn er Ihren ernsten Entschluß sieht. Ich will ihn davon unterrichten; aber unter einer Bedingung.

Oskar. Sprechen Sie!

Seiler. Wir kehren morgen nach Falkenhorst zurück, und Sie begleiten uns dorthin.

Oskar. Zu welchem Zweck?

Seiler. Nennen Sie es eine Laune von mir, auf die ich aber bestehen muß, wenn ich die Fürsprache bei Ihrem Herrn Vater übernehmen soll.

Oskar. Und wie lange gedenken Sie mich an Falkenhorst zu fesseln?

Seiler. Drei Tage.

Oskar. Es sei.

Seiler (erhebt sich). Gut. — Jetzt begrüßen Sie Ihren Herrn Vater. Er wird heraufkommen, während ich Egloff im Garten beschäftige. Offenbaren Sie sich Ihrem Herrn Vater, wenn Sie wollen, gleich; ich bürge Ihnen für ein gutes Ende, falls Sie Ihre Zusage für den dreitägigen Aufenthalt in Falkenhorst erfüllen. (Links ab.)

Oskar. Sie haben mein Wort.

5. Scene.

Oskar. Magda.

Magda (in der Mitte, sehr lebhaft). Ist es erlaubt?

Oskar. O meine gnädige Frau! Sie sendet der Himmel!

Magda. Glauben Sie? Ich verspüre nichts von himmlischen Weisungen, wenn ich meine Schritte hierher lenke. Es ist die Stunde unserer Sitzung.

Oskar (hilft Magda Mantel und Hut ablegen). Lassen Sie mich dennoch heute der Vorsehung für Ihr Erscheinen, gnädige Frau, doppelt danken.

Magda. Wie Sie wollen! (Sie kommt vor.) Oh! Hier ist wieder entsetzlich geraucht worden! Darf man denn das in dem Atelier eines Malers?

Oskar. Der Rauch verleiht unsern Gemälden den Reiz der Antike.

Magda. So! Da stellen Sie doch, bitte, mein Bild an die frische Luft! Auf den Reiz der Antike verzichte ich gern! (Sie lacht.)

Oskar (lacht). Gnädigste! Ich sprach ja nur von den Kunstprodukten selbst!

Magda. Dort steht ein von Ihnen so gehaßter Cylinderhut!

Oskar. Ich habe Besuch.

Magda. Ah! Wer ist es?

Oskar. Ein alter Freund unserer Familie und ein junger Mann, dessen Bekanntschaft ich soeben erst machte.

Magda. Wo sind die Herren?

Oskar. Im Garten.

Magda. Ich danke Ihnen. Das nennen Sie vom Himmel gesandt, da Sie mich wieder fortschicken?

Oskar. Welch' eine Annahme, gnädige Frau! Jener Besucher kann ich mich zu jeder Stunde erfreuen. Sie kommen wie ein Meteor, dessen flüchtiges Erscheinen mich beseligt! Wie sollte ich Sie da nicht fesseln wollen?!

Magda. Wären Sie nicht Maler, so sollten Sie es mit der Schriftstellerei versuchen.

Oskar. Ich würde ein Buch unter dem Titel „Die Sirene" herausgeben.

Magda. Thun Sie es nur! Auf Wiedersehen! (Sie will ihren Hut nehmen.)

Oskar. Halt, gnädige Frau! Ich nannte Ihnen noch nicht alle meine Besucher.

Magda. Was kümmert es mich?

Oskar. Meinen Vater.

Magda (interessiert). Ah!

Oskar. Er ist hier, und — deshalb sandte Sie der Himmel.

Magda. Ich verstehe Sie nicht.

Oskar. Gnädige Frau! Erlauben Sie mir, Sie mit meinem Vater bekannt zu machen.

Magda. Ich werde mich freuen, den Vater eines so begabten jungen Mannes kennen zu lernen.

Oskar. Ich will ihm sagen — die, oder keine!

Magda. Oho! — — Glauben Sie, daß auch die Sirene sagt, der, oder keiner?

Oskar. Wenn man sie ernstlich fragte?

Magda. So würde sie ernstlich antworten: Es ist das Unglück der Sirenen, jungen, thörichten Leuten den Kopf zu verdrehen. Gott sei Dank finden sich diese früher oder später wieder, heiraten eine andere und werden leiblich vernünftige Ehemänner.

Als Manuscript gedruckt.

Oskar. Sie verspotten mich.
Magda. O nein! Ich will Sie vor Thorheiten schützen.
Oskar. Wie falsch beurteilen Sie mich!
Magda. Schon gut. Wann werde ich die Ehre haben, Ihrem Herrn Papa vorgestellt zu werden?
Oskar. Darf ich ihm diese Auszeichnung sogleich verschaffen?
Magda. Wie Sie wollen. (Oskar eilt nach links.) Halt!
Oskar. Gnädige Frau?
Magda (schalkhaft). Wie wäre es, wenn wir der Vorstellung einen neuen Reiz verliehen?
Oskar. Einen neuen Reiz?
Magda. Ihr Herr Vater wird mich sehen. Der galante Offizier wird mir die Hand küssen und einige Worte der Höflichkeit an mich richten — das genügt mir nicht.
Oskar. Mein Vater wird sich glücklich schätzen...
Magda. Redensarten, mein Freund! Seine ungeschminkte Kritik über meine Erscheinung will ich hören.
Oskar. Er wird Ihres Lobes voll sein!
Magda. Auf dem gewöhnlichen Wege ganz zweifellos. Zeigen Sie mich ihm im Bilde, und fordern Sie dann sein Urteil heraus.
Oskar. Ueber ein unfertiges Gemälde?
Magda. In der nächsten Minute könnte es fertig sein.
Oskar. Wie?!
Magda. Wir zeigen dem Herrn Papa das Original im Bilde!
Oskar. Gnädige Frau, Sie wollten...?
Magda. Mich unter Glas und Rahmen bringen, ja! Erachten Sie das Gelingen dieser Täuschung für unmöglich, so werde ich leise Zweifel an Ihrer Kunst hegen!
Oskar. Keineswegs, gnädige Frau, zumal meines Vaters Auge nicht das schärfste ist.
Magda (sehr vergnügt). Also, ans Werk! Den Rahmen dort gerichtet!
Oskar (eilt auf das Podium und lehnt den Rahmen gegen einen Sessel, damit er steht). So wird es recht sein!
Magda. Jetzt einen der Shawls malerisch über die Lehne des Sessels, wo sie der Rahmen berührt.
Oskar. Ist es so recht?
Magda. Allerliebst! Den Schirm dort als Hintergrund plaziert!

Oskar (schiebt die spanische Wand hinter den Rahmen). Gnädige Frau! Ich bewundere Ihr Dekorationstalent!

Magda. Nun für mich einen Sessel zwischen Rahmen und Hintergrund.

Oskar. Hier steht der Sessel!

Magda. Prächtig! Jetzt, mein Herr Künstler, kommen Sie herab und verhüllen Sie das Arrangement!

Oskar (kommt herab und zieht an der Gardinenschnur). So, allen profanen Blicken entzogen!

Magda. Nach dem Eintritt Ihres Herrn Vaters einige einleitende Worte, das Fenster verhängt; ein Lichtstrahl auf das Gemälde — hahaha! Ich freue mich wie ein Kind! Ihr Herr Vater wird Sie für den genialsten Künstler aller Zeiten erklären!

Oskar. Gnädige Frau! Jetzt sind Sie die bezauberndste Sirene aller Zeiten, und ich wäre ein Thor, wollte ich mich Ihnen nicht ganz ergeben.

Magda. Gemach, gemach! Die Kritik des Vaters zerstört vielleicht schon in dem nächsten Augenblick den kindischen Traum! — Ich höre kommen — schnell in Oel gesetzt! (Sie verschwindet auf dem Podium hinter der Gardine.)

Oskar. Meine Pulse fliegen, der Atem droht die Brust zu zersprengen — die oder keine! (Er eilt aus der Thür links.) Vater! Bester Vater!

6. Scene.
Oskar. Major.

Major. Tausend, Junge, bist Du zärtlich!
(Sie treten ein.)

Oskar. Wir haben uns lange nicht gesehen.

Major. Vierzehn Tage.

Oskar. Da siehst Du, wie schwer ich Deine Abwesenheit empfinde. Es schien mir eine Ewigkeit. — Wie prächtig Du aussiehst!

Major. Findest Du?

Oskar. Wahrhaftig, Papachen! Neulich behauptete einer meiner Freunde, man könnte in Dir eher einen Bruder von mir als meinen Vater sehen!

Major. Und den jüngeren natürlich! — (Er lacht, dann ernst.) Jetzt, lieber Oskar, bitte ich mir doch aus, daß Du Dich nach dem Befinden der Tante erkundigst.

Als Manuscript gedruckt.

Oskar. Seiler sagte mir schon, daß in Falkenhorst alles wohlauf sei.

Major. Und hiermit ist Dein Interesse für die lieben Verwandten erschöpft? (Beide setzen sich.)

Oskar. Du wirst mir ein andermal mehr von ihnen erzählen.

Major. Ein ander mal? (Pause, unsicher.) Ich — e — gieb mir doch eine Zigarre; kannst Dir auch eine anstecken — es plaudert sich dabei unbefangener.

Oskar (präsentiert Zigarren). Der Vater kann doch nicht von Befangenheit dem Sohne gegenüber sprechen. (Er reicht dem Major Feuer.)

Major. Na — weißt Du — (er steckt die Zigarre an) sagen wir also — es plaudert sich bei der Zigarre gemütlicher.

Oskar. Da hast Du recht.

Major. So rauche doch!

Oskar (nimmt zögernd eine Zigarre). Ich bin dabei.

Major. Also, was ich sagen wollte — Du weißt, daß mich eine ernste Angelegenheit zu meiner Schwester geführt hat.

Oskar (unruhig, mit schnellem Blick nach dem Podium). Müssen wir sie gerade jetzt besprechen?

Major. Was hindert uns daran? Wir sind ja allein. Außerdem — ich habe nicht mehr viel Zeit zu verlieren.

Oskar. Du willst fort?

Major. Auch das. Hör mich also ruhig an.

Oskar. Wenn es denn sein muß.

Major. Du kennst den Zweck meines Besuches in Falkenhorst.

Oskar. Ich kenne ihn.

Major (zögernd). Nun gut. (Kleine Pause, in der er sich mit der Zigarre beschäftigt.) Also — ich sah Deine Cousine, und ich muß gestehen, daß mich ihre Erscheinung überraschte.

Oskar. Du hattest sie Dir anders vorgestellt?

Major (betrachtet die Zigarre). Sieh mal mein Junge — — das ist wohl 'ne neue Sorte?

Oskar. Dieselbe, die Du öfters bei mir rauchtest.

Major. So, so, — wieder ein Beweis, wie sich der Geschmack ändern kann. — Ja, ja, na — Du weißt, daß ich mein Glück dem Deinen unterordnen würde, daß...

Oskar. Behüte, lieber Vater! Ich würde in Deinem Glück das meine suchen: ich will alles mit Dir teilen...

Major (streckt den Arm nach Oskar abwehrend aus). Das ist

nicht nötig. — Des Vaters Pflicht ist es, für das Glück des Sohnes zu leben, und —

Oskar (verdrossen). Und deshalb willst Du mich in die Arme einer liebenden Frau führen — die Aussicht, Enkel auf den Knieen...

Major. Enkel waren mir eigentlich nicht das nächstliegende. Natürlich wünsche ich Dich verheiratet zu sehen, aber — (Pause, beide beschäftigen sich verlegen mit der Zigarre.)

Oskar (indem er die Asche abstreicht). Muß es denn durchaus mit Anna sein?

Major (nimmt erstaunt die Zigarre aus dem Munde). Wie?!

Oskar. Bester Papa, Du wirst einräumen müssen, daß unsere Gedanken und Wege oftmals nicht mit denen der Vorsehung übereinstimmen — — (Er schweigt und raucht heftig.)

Major. Richtig. — Dampf nicht so, Du ruinierst die gute Zigarre. Also Du meinst, wir denken uns die Dinge recht schön aus, aber —

Oskar. Einer höheren Macht beliebt es plötzlich, uns in andere Bahnen zu lenken.

Major. Es scheint mir, als ob Du Dich in der Zeit meiner Abwesenheit mit religiösen Betrachtungen beschäftigt hättest? Das ist brav, mein Sohn. Wenn Dich so die selige Mutter hören könnte. — Die gute Religion — ja, ja. — Sie lehrt uns große Schläge mit starkem Mute ertragen. Gieb mir mal Feuer.

Oskar (reicht dem Major Feuer). Ich sah Dich nie so elegisch.

Major. Wir befinden uns am Wendepunkte großer Dinge. (Er steckt seine Zigarre an.)

Oskar. Deine Stimmung macht es mir doppelt schwer, Dir das zu sagen, was ich Dir sagen muß.

Major. He? — Du hast mir auch etwas zu sagen?

Oskar. Ohne weitere Umschweife — ich kann Anna nun und nimmer heiraten, da ich eine andere liebe!

Major (gespannt). So —! Gieb mir nochmal Feuer. — (Während er die Zigarre ansteckt.) Also — Du — liebst — eine — andere?

Oskar. Ja, Vater! Und fluche mir nicht! Wer ist seines Herzens Herr?

Major. Niemand. Gott weiß es. Du bist also verliebt? In wen? Heraus damit.

Oskar. In die schönste, reizendste aller jungen Witwen!

Als Manuscript gedruckt.

Major (nimmt schnell die Zigarre aus dem Munde, sehr überrascht). Eine — e — e Witwe —?!
Oskar. Magda von Welten!
Major. Aber Junge! Wirklich, Witwe?
Oskar (wirft einen ängstlichen Blick nach dem Podium, halblaut). Ja, ja, ja! Das ist doch Nebensache! Denk Dir eine Dame mit allen Reizen der Seele und des Geistes ausgestattet, schön wie...
Major. Das kann ich mir ja alles denken. Aber es hat sie nicht gehindert, Witwe zu werden, und eine solche — (kopfschüttelnd) ei, ei, ei, ei —
Oskar (außer sich). Du wirst sie sehen, und ihr Liebreiz wird Dich bezaubern!
Major. Selbstverständlich! — Du bist doch noch nicht verlobt?
Oskar. In meinem Herzen, ja!
Major. Das ihrige ist Dir sicher. Man kennt die Witwenherzen! Ha, ha! — Wie hieß sie doch?
Oskar (mit stetig wachsender Verlegenheit und Erregung). Magda von Welten.
Major. Geborene?
Oskar. Fragt denn die Liebe danach?!
Major (wirft die Zigarre fort). Abscheuliches Kraut! Ganz ohne Luft! — Da haben wir es! Also danach fragt man nicht?!
Oskar. Aber...
Major. Daß unser Adel aus dem grauen Altertum stammt, daß Dein Vater Offizier ist, weißt Du! Und ob Deine Göttin Familie hat, weißt Du nicht?! Junge, Junge! Hoffentlich machten wir keine Dummheiten während meiner Abwesenheit?
Oskar. Um Gotteswillen, Vater, ich beschwöre Dich! Erschöpf Dich nicht in Vermutungen, bevor Du Frau von Welten gesehen hast.
Major. Ich bin ja zu allem bereit, liebster Sohn; aber mein Name, mein Stand — ein bißchen Erkundigungen wollen wir denn doch mal einziehen!
Oskar (verzweifelt, für sich). Und sie hört alles! (Er zieht die Gardine vor das Fenster, es wird dunkel.)
Major. Was machst Du denn da?
Oskar. Du wirst ihr Bild sehen, das für Abendbeleuchtung gemalt ist.

Major. Witwe?! Abendbeleuchtung?! Das ist ja brillant! — Diese Weiberschlauheit! Ha, ha, ha!
Oskar (für sich). Er bringt mich um! (Er eilt an den Reflektor, zündet dessen Licht an und läßt die Strahlen auf das Podium fallen). Jetzt, bester Vater, sollst Du urteilen! (Schnell.) Oder besser, urteile nicht; wenigstens nicht zu laut.
Major. Ha, ha! Der Herr Maler fürchtet die Kritik! Das wird was Rechtes sein! Ha, ha, ha.
Oskar (eilt an das Podium, ganz verzweifelt). Entsetzlich! Von einem wahrheitsliebenden Major ist alles zu befürchten! — Stell Dich ans Fenster, soweit wie möglich!
Major. Bei meiner Kurzsichtigkeit!
Oskar (bei Seite). Darauf baue ich ja! — Die Wirkung verlangt es.
Major (lachend). Wenn Du willst, geh ich hinaus!
Oskar (für sich). Jetzt, Ihr Götter, steht mir bei! (Er reißt an der Schnur, die Gardine fällt, Magda sitzt regungslos).
Major (klemmt gemächlich sein Glas ins Auge und erhebt den Blick, höchst überrascht). Donnerwetter! (Pause.) Junge! Das ist eine großartige Witwe! (Er ruft zum Fenster hinaus.) Seiler! (Schnelle, heftige Bewegung Magdas.) Seiler! Komm doch gleich herein. Oskar, laß Dich umarmen! (Er küßt Oskar auf beide Backen.) Du bist der genialste Künstler aller Zeiten!

6. Scene.
Major. Oskar. Seiler. Magda.

Major. Seiler! Sieh Dir das mal an! Ich weiß nicht, was ich mehr bewundern soll, den anmutigen Reiz dieses Frauenzimmers im Abendglanz oder das Talent meines Sohnes im hellsten Sonnenschein!
Seiler (hat sich dicht vor Magda gestellt und die Täuschung sogleich erkannt, kleine Spielpause). In der That, das ist ein „sprechendes" Bild.
Major. Nicht wahr?! Es ist, als ob sich der kleine Mund jeden Augenblick öffnen wollte.
Seiler. Wen stellt das Porträt dar?
Major. Oskars Zukünftige — unter Bedingungen.
Seiler. Alle Hochachtung vor dem Künstler. Die Wirkung dieser ersten Vorstellung ist vorzüglich berechnet.
Major. Diese Stirn!

__Als Manuscript gedruckt.__

Seiler. Eisern!
Major. Ein Paar Augen —!
Seiler. Ein Schalk darin.
Major. Prachtvolles Haar!
Seiler. Ohne Garantie der Echtheit. — Aber, wie ist mir? Ich habe ja schon vor längerer Zeit die Bekanntschaft dieser Dame gemacht —
Major. Oskar. Wie?!
Seiler. Ich darf sagen, es ist eine liebe — „alte" Bekannte von mir.
Major. Was Du sagst! Wann und wo hast Du sie kennen gelernt?
Seiler. Laß mich nachdenken. — 1870 heiratete meine Else — — vor 20 Jahren.
Magda (springt auf, komisch entrüstet). Zehn, Herr von Seiler!
Seiler (lacht). Das traf die Achillesferse! (Er eilt auf Magda zu, geleitet sie die Stufen herunter und begrüßt sie.)
Major (nachdem er sich etwas von seiner Ueberraschung erholt hat). Oskar! — Ich enterbe Dich! — Mir solch einen Streich zu spielen!
Magda (sehr liebenswürdig). Nichts für ungut, Herr Major. Ich bin die Urheberin des Scherzes.
Major. Aber Gnädigste!
Magda. „Witwe?!" „Abendbeleuchtung?!" „Brillant!" „Diese Weiberschlauheit!" (Sie lacht ausgelassen.)
Major. Ah — ah — ah —
Magda. „Ein bischen Erkundigungen wollen wir denn doch mal einziehen!"
Major. Ich fordere meinen Sprößling auf krumme Säbel!
Magda. Halt, mein Herr Major! Keine Feindseligkeiten! — Legen wir uns jetzt wieder die Fesseln der Konvenienz an. (Sich vorstellend.) Magda von Welten, geborene von Feldkirch. Sind Sie zufrieden?
Major. Gnädigste Frau! Feldkirch übersteigt meine kühnsten Erwartungen. (Er küßt ihr die Hand.)
Magda. Sie waren in Falkenhorst, Herr Major?
Major. Bei meiner Schwester.
Magda. Ich hörte es. Ich gedachte in wenigen Tagen dort einzutreffen.
Major. Seiler. Oskar. Wie?!

Magda (lacht). Ist es so wunderlich, meine Herren, wenn sich zwei befreundete Witwen gegenseitig besuchen?

Major. So kennen Sie meine Schwester, gnädigste Frau?!

Magda. Wir trafen uns im vorigen Jahre in Karlsbad und fanden Gefallen an einander. Frau von Falkenhorst lud mich herzlich zu sich ein, und ich beabsichtigte nach Vollendung meines Bildes durch Herrn von Plettenburg dorthin abzureisen.

Seiler. Charmant, gnädige Frau. Auch wir gehen wieder nach Falkenhorst.

Magda. So wähle ich Sie zu meinem Reisemarschall, Herr von Seiler. Sie werden Ihrer „alten" Bekannten diese Gunst nicht versagen?

Major. Er ist zwar der älteste, aber immer der bevorzugteste.

Magda. Das Alter erweckt Vertrauen, Herr Major. Und unser Künstler?

Oskar. Wird nicht von Ihrer Seite weichen!

Magda. Unter Bedingungen.

Oskar. Welchen?

Magda. Nichts komme ferner von dem über Ihre Lippen, was Sie vorhin mit Ihrem Herrn Vater sprachen.

Oskar. Von dem, was mich ganz erfüllt, sollte ich schweigen?

Magda. Für eine bestimmte Zeit wenigstens.

Oskar. Zehn Minuten!

Magda. Zehn Tage.

Oskar. Das ertrage ich nicht!

Magda. Ja, dann reise ich nicht.

Oskar. Sie sind grausam, gnädigste Frau. (Sie sprechen weiter.)

Seiler (zieht den Major etwas vor). Auf ein Wort, Plettenburg.

Major. Was beliebt?

Seiler. Hast Du Dich denn nun mit Oskar ausgesprochen?

Major. In Gegenwart dieser süperben Witwe? Wie wäre das möglich?

Seiler. Sei froh.

Major. Was denn?!

Seiler. Daß Dich die Erscheinung dieser süperben Witwe behindert hat, einen Bockstreich zu machen.

Als Manuscript gedruckt.

Major. Redensarten! Was nicht heute geschehen konnte, geschieht morgen.

Seiler. Versuche Deinen Schutzgeist nicht, der Dich heute vor einer Thorheit bewahrte.

Magda. Darf ich Sie jetzt um Ihren Arm bitten, Herr von Seiler? (Sie nimmt Seilers Arm.) Auf Wiedersehen, meine Herren.

Major. Ja, was wird denn da aus unserem Geschichtenmann?

Seiler (bleibt stehen). Den haben wir wahrhaftig ganz vergessen. Gnädige Frau, Sie finden hier noch einen Bekannten.

Magda. Wer ist es?

Seiler. Herr Hans von Egloff.

Magda. Ich kenne niemand dieses Namens.

Seiler. Und doch verbindet Sie mit ihm ein kaum lösliches Band.

Magda. Sie sprechen in Rätseln!

Seiler (am Fenster). Darf ich Sie bitten, hier hinauszublicken, auf jenen Herrn dort?

Magda. Himmel! Mein kleiner Liszt! Was will er von mir?!

Seiler. Er sucht Sie seit zwei Jahren, um Sie an den Altar zu führen.

Oskar (erschrickt, halb für sich). Magda!

Magda (lacht auf). Das Kind?! Das ist köstlich!

Major. Ich habe es immer gesagt, daß die Gehirnthätigkeit unseres jungen Freundes nicht ganz intakt sei.

Magda. Lassen Sie sich erzählen. — Vor zwei Jahren befand ich mich in der Schweiz.

Seiler. Es regnete.

Magda. Vierzehn Tage! — Der kleine Ort, wohin mich der Zufall verschlagen, bot nichts, gar nichts gegen die Langeweile. Es war zum verzweifeln! Schon hatte ich den Inhalt aller Plakate, die den Wandschmuck der Wirtsstube meines Gasthauses bildeten, auswendig gelernt, die Ankunfts- und die Abgangszeit sämtlicher Züge der nächsten Station, die eine Tagereise entfernt war, vermochte ich vor- und rückwärts herzusagen, da führte uns Eingeregneten der Himmel jenen jungen Herrn zu, der — passabel Klavier spielte! — Meine Herren, damals erst lernte ich dies Instrument schätzen und lieben, und ich beziehe seitdem keine Wohnung mehr, worin nicht wenigstens ein Klavierlehrer über mir und einer unter mir wohnt! — (Man lacht.)

Draußen prasselte der Regen, drinnen saß der kleine Liszt und spielte, spielte immerfort, bald aus Carmen, bald aus Trompeter oder umgekehrt. — Da geschah es eines Abends, daß ich mich in dem dunkelnden Zimmer mit dem jungen Virtuosen allein befand. Sein Spiel schien besonders ausdrucksvoll, mit Begeisterung entlockte er den Tasten zum hundertsten Male die Klage, „daß es so schön gewesen wäre." Plötzlich ein schriller Abbruch des Akkordes! Mit erhobenen Armen, leidenschaftlich stürzte Liszt mir zu Füßen und schwur, daß er mich liebe und mich fortan nicht nur über die Berge der Schweiz, sondern auch durch alle Klippen des Lebens führen wolle!

Major. Dieser Schwerenöter!

Oskar. Und was thaten Sie, gnädigste Frau?!

Magda (Oskar anblickend, außerordentlich schalkhaft). Ich, mein Herr Maler? — — Ich küßte ihn.

Oskar (erschreckt). Magda!

Major (frappiert, läßt den Schnurrbart schnell durch die Finger gleiten).

Seiler (lächelt). Sie küßten ihn?

Magda (mit großem Liebreiz). Ja. — Als der Knabe da so zu meinen Füßen lag, selbstvergessen in seiner Leidenschaft, in den kindlich blauen Augen eine Thräne — da überkam mich etwas — ach! Ich weiß nicht was — nennen Sie es Mitleid, Dankgefühl für die Abkürzung der Regenzeit, schwesterliche Neigung für den zehn Jahre jüngeren Bruder — genug! Schnell hatte meine Hand ihm die Locken von der fiebernden Stirn gestrichen, die meine Lippen flüchtig berührten. Vielleicht versöhnte dieser Kuß den Himmel? Am nächsten Morgen weckte mich lachender Sonnenschein, und ehe noch einer der Hotelgäste den Schlaf abgeschüttelt hatte, war ich über alle Berge!

Seiler. „Der Jüngling aber trägt im Herzen lebenslange Sehnsucht —."

Magda. Raten, helfen Sie mir, den kleinen Liszt zu heilen!

Seiler. Das wird so schwer nicht sein, gnädige Frau, wenn Egloff aus Ihrem Munde erfährt, daß seine Meinung, an Sie gebunden zu sein, eitel Einbildung ist.

Major. Sagen Sie ihm das gleich, gnädigste Frau. Die Wirkung muß ich sehen.

Seiler. Der fällt uns hier in Ohnmacht.

Major (gießt ein Glas Wasser ein). Bewaffnen wir uns. Oskar, nimm Eau de Cologne zur Hand.

Als Manuscript gedruckt.

Oskar (zu der zurücktretenden Magda). Ah, Gnädigste! Ich beginne die Sirene zu fürchten!
Magda (liebenswürdig). Nicht fürchten, dennoch meiden.
Major. Zur Attacke! Herein mit ihm!
Seiler (ruft hinaus). Herr von Egloff! Darf ich bitten?
Major. Das wird ein großer Moment! Ich bin seelensvergnügt!

7. Scene.

Vorige. Hans.

Hans (tritt ein). Herr von Seiler, Sie riefen? (Blickt auf die andern.) Meine Herr...? Allmächtiger! Meine Schweizerbraut! Alles verloren! Ach, Charlotte! (Er wankt.)
Magda (eilt lachend herbei und schiebt Hans einen Stuhl zu, auf den er sinkt.) Aber bester, kleiner Lißt!
Major (besprengt Hans mit Wasser). Jetzt, Freundchen, keine neuen Geschichten gemacht!

(Der Vorhang fällt.)

Ende des dritten Aktes.

Vierter Akt.
(Die Dekoration des ersten Aktes.)

1. Scene.

Mörser. (Dann) **Anna.**

Mörser (kommt mit des Majors Kleidern und Stiefeln, die er gereinigt hat, mißmutig von rechts hinten). Sie bringen ihn um. — Sie bringen ihn sismatisch um! — Vorgedachter Mord nennt das mein Bruder, der Bureauvorsteher. — Heute morgen schleppten sie ihn nun schon zum fünften Male auf den hohen Berg. — Anderthalb Stunden zu Fuß — und er steht doch bei der Kavallerie. — An den Urlaub werden wir denken, und unsere Schwester kann lange warten, bis wir wieder kommen. (Sehr wehmütig.) Mit dem Stall ist es aus. — Ich kann den

Blick von Liese nicht verwinden, den sie jeden Morgen nach der Thür wirft — kein Major läßt sich sehen — armes Kreatur. — Abdallah ist ein herzloser Kerl — was ist ihm der Major? — Der behilft sich mit mir; aber die Stute ist eine Gefühls — eine Gefühlsseele. Ich werd's ihm sagen, und wenn er mich zum Teufel jagt.

Anna (durch die Mitte, einen Hut am Arm). Guten Morgen, Mörser. (Sie will nach links.)

Mörser (zurückhaltend). Guten Morgen, gnädiges Fräulein. (Er geht nach der Thür rechts vorn, bleibt stehen, für sich.) Ob ich mal mit ihr rede?

Anna. Wünschen Sie etwas von mir?

Mörser. Das gnädige Fräulein sind wohl recht müde?

Anna. Ein wenig.

Mörser. Ja, ja — so jeden Morgen da oben rauf — der Herr Major sind wohl gleich oben geblieben?

Anna (erstaunt). Oben geblieben?

Mörser. Wenn er morgen früh doch wieder rauf muß?

Anna (wie oben). Muß —?!

Mörser. Meinen lieben, alten Herrn wird sie noch ins Grab bringen.

Anna. Wer denn?!

Mörser. Die falsche Forsche.*)

Anna. Was ist das?

Mörser. Das ist so — wenn ein alter Herr immer noch mitthun will.

Anna. Ich verstehe Sie nicht.

Mörser. Wenn zum Beispiel unser junger Herr den ganzen Tag mit den jungen Damen umherläuft und springt und sich gar keine Ruhe gönnt, dann hat das so seine Richtigkeit. Wenn es aber unser alter Herr auch so machen will, dann ist das nicht, wie es sein soll, sondern nur eine Forsche von oben, wo denn der innere Mensch sozusagen alle wird.

Anna. Sie wollen sagen, daß der Onkel solchen Anstrengungen nicht gewachsen ist?

Mörser. Zu Fuß nicht — denn wir stehen bei der Kavallerie. — Oder — unser junger Herr nimmt sich eine junge, hübsche Frau, so ist das in Ordnung. Aber, wenn unser alter Herr auch noch um eine junge freien will, so ist das falsche Forsche, die ihm niemals gut thun wird.

---

*) Auch: Feschität.

Als Manuscript gedruckt.

Anna (verwirrt). Glauben Sie denn, daß sich der Onkel wieder verheiraten würde?

Mörser. Wer kann es wissen, gnädiges Fräulein? — Wenn „man" „ihn" nicht durchaus heiraten will? (Anna wendet sich zornig ab; Mörser für sich.) Ob sie meine zarte Anspiegelung wohl verstanden hat? — Oder wenn...

Anna. Schon gut! Gehen Sie!

Mörser (für sich). Sie hat sie verstanden. (Ab.)

Anna (aufflammend, nach der Thür). Unverschämter! (Zornig.) Meine heiligsten Gefühle bloßgestellt und lächerlich gemacht vor diesem Menschen! Meine Thorheit gebrandmarkt vor einem Bedienten! Oh —! — (Sie ballt die Fäuste und sieht umher.) Ich möchte etwas zerbrechen! — Und daß er eigentlich recht hat! Es ist fürchterlich! — Der gute Onkel, zu welchen Anstrengungen hat ihn meine Ueberspanntheit, meine Exaltation verführt! Oh! Ich allein bin schuldig! — Der arme Onkel — wie er einschlief, als die Sonne den Himmel zu röten begann — da sah er doch schon recht alt aus. — Falsche Forsche! Gräßliches Wort! — Was thue ich?! Wohin rette ich mich vor mir selbst?! (Die Baronin tritt von links vorn ein, Anna fliegt ihr stürmisch an den Hals.) Ach! Mein Mütterchen!

2. Scene.

Anna. Baronin. (Später) Major.

Baronin. Was hast Du?! Was fehlt Dir?!

Anna (bricht in Thränen aus). Ach, Mama, ich bin namenlos unglücklich!

Baronin. Was ist geschehen?!

Anna (schluchzend). Ich habe mich grenzenlos — ich kann das Wort nicht aussprechen.

Baronin. Beruhige Dich nur erst. Ich will mich dann bemühen, auch ungesprochene Worte zu verstehen. Weiß ich nur erst, um was es sich handelt.

Anna (verlegen). Um — um mein Betragen dem Onkel gegenüber.

Baronin (lächelnd). Aha — Du wolltest also sagen: Ich habe mich grenzenlos bla...

Anna (hält der Baronin den Mund zu). Nicht doch.

Baronin (lacht). Du bist zur Erkenntnis gekommen; so ist es doch?

Anna. Ach ja.

Baronin. Seit dem Wiedereintreffen meines Bruders vollzog sich in Dir eine Umwandlung, nicht wahr?
Anna. Ich glaube.
Baronin. Ich habe es zu meiner großen Freude bemerkt.
Anna. Bist Du der Meinung, liebe Mama, daß der Onkel aus meinem Betragen auf Liebe zu ihm schließen durfte?
Baronin. Das durfte er allerdings.
Anna. Ich verehre ihn!
Baronin. Und thust recht daran.
Anna. Ich schätze ihn hoch!
Baronin. Er verdient es.
Anna. Aber — heiraten möchte ich ihn doch nicht.
Baronin. Das befreite mich von der Nötigung, Schwieger= mutter meines Bruders und Großmutter Oskars zu werden.
Anna (blickt die Baronin einen Augenblick groß an und kämpft mit dem Lachen). Himmel, Mama! Welche Komplikationen der Verwandtschaftsgrade! (Sie verbirgt das Gesicht an der Baronin Brust.)
Baronin (lacht). Lassen wir sie. Sag mir lieber, was Dich zur Selbsterkenntnis gebracht hat.
Anna. Hundert Dinge, Mama. Und seitdem Oskar hier ist, mußte ich, ich mochte wollen oder nicht, Vergleiche anstellen.
Baronin. Natürlich.
Anna. Wie ganz anders erscheint er neben seinem Vater.
Baronin. Das Alter verblaßt neben der aufstrebenden Jugend.
Anna. Meine bisherige Neigung für den Onkel wurde allmählich eine andere.
Baronin. Eine natürlichere. (Sie umfaßt Anna.) Und spricht Dein Herz jetzt, wie es unser aller Wunsch ist, für Oskar?
Anna (verwirrt). Dringe jetzt nicht in mich, Mama! Wie soll ich nur dem Onkel unter die Augen treten? Ich schäme mich tot!
Baronin (lacht). Beruhige Dich. Ich werde Dir behilflich sein, den richtigen Weg zu finden.
Major (hinter der Scene). Immer und ewig diese Natur!
Anna. Um Gotteswillen! Komm, Mama!
(Baronin und Anna links ab.)

Als Manuscript gedruckt.

3. Scene.

Seiler. Major. (Dann) **Mörser.**

Major (kommt am Arm Seilers ermattet und verdrießlich durch die Mitte). Die reine Naturwut! — Jeden Morgen den Berg hinauf und herunter, um Zeuge der Empfindungen unserer jungen Leute zu sein beim Anblick des Sonnenaufgangs. (Er wirft sich aufs Sofa.) Dieses Verliebtsein in ewig dasselbe Schauspiel ist eine fürchterliche Leidenschaft.

Seiler. Die Gefühle unseres jungen Volkes sind eben andere als die Deinen.

Major. Narretei! — Sie atmen genau so wie ich durch die Lungen und sind damit fertig, sobald sie nach zweistündigem Klettern oben anlangen. „Nein, diese Aussicht!" schreit der eine und ringt nach Luft. „Großartig!" der andere und will umsinken vor Ermattung.

Seiler. Sie finden dort oben reiche Entschädigung für alle Strapazen, sobald die Sonne das Thal mit Gold zu überschwemmen beginnt.

Major. Ich kannte diese Ueberschwemmung schon vor 40 Jahren und finde nicht, daß sie sich seitdem auch nur im geringsten verändert hat.

Seiler. Sie nicht; aber Du.

Major. Ich muß mich wahrhaftig eine Stunde niederlegen. (Er bemerkt den von rechts vorn eintretenden Mörser, der mißmutig nach hinten will.) Kerl! Laß Deine Faxen! Jeden Tag, gleich nach überstandenem Sonnenaufgang, diese Regenvisage, die man dann den ganzen Tag nicht mehr los wird! — Was giebt's denn wieder?! Die Stute?! Die Liese?!

Mörser. Zu Befehl, Herr Major. Das Bein ist noch dicker geworden.

Major (schroff und kurz). Das ist ja eine nette Bescherung! Geht mir der Gaul um die Ecke, so sind 200 Doppelkronen zum Henker!

Mörser (unwillig). Ich hab gethan, was ich thun konnte, Herr Major. Seit 14 Tagen schlafe ich kaum noch.

Major (wie oben). Du hast die Geschichte von vornherein vernachlässigt und verdorben!

Seiler (halblaut zu dem Major). Aber, Plettenburg! Hat denn Deine tolle Liebe Dir jedes Gerechtigkeitsgefühl geraubt?

Mörser (der inzwischen mit seiner Erschütterung kämpft). He — He — Herr Major — ich muß um meine Entlassung bitten.

Major. Du bist ja ein netter Bruder! Rührst etwas ein und läufst fort! Das ist ja recht hübsch!

Mörser. Wenn der Herr Major meinen, daß ich etwas vernachlässige, so können Sie mich nicht mehr brauchen.

Major. Papperlapapp! Soweit hätte es mit der Stute nicht kommen dürfen!

Mörser (wehmütig). Kann ich dafür?

Major. Wer denn?!

Mörser. Herr Major — so'n Vieh ist auch ein Kreatur. Seit dem ersten Tage, an dem wir hier angekommen sind, ist es nichts mehr mit ihr.

Major. Seit jener ersten Stunde geht sie lahm!

Mörser. Zu Befehl, Herr Major. Seitdem grämt sich das arme Kreatur.

Major. He?!

Mörser. Glauben mir der Herr Major, die Liese grämt sich.

Seiler. Das wäre?

Mörser. Früher, wenn abgeputzt war, kamen der Herr Major an jedem Tage nach dem Stall und boten einen guten Morgen und klopften der Liese auf den Hals und gaben ihr ein Stückchen Zucker. Das hat alles aufgehört.

Major (unbehaglich). E — e — e — e — was hat das mit dem kranken Bein zu thun?

Mörser. Zu Befehl, Herr Major, da sitzt der Gram drin.

Major. Unsinn!

Seiler. Laß ihn doch! Sie meinen, Mörser?

Mörser (zu Seiler). Gnädiger Herr — ich hab's ausprobiert. Ich putzte, stellte mich dann in die Thür und sagte: „Morrchen, Mörrßer. Alles 'n Orrnung?" Dann klopfte ich der Liese auf den Hals und holte ein Stückchen Zucker raus. Aber glauben der gnädige Herr, sie nahm's? Quat non! Keine Idee! Nicht mal dran gerochen hat sie; aber ein Gesicht hat sie gemacht, als wollte sie sagen; „Du, ach Gott, geh doch!"

(Der Major sitzt, den Kopf zur Erde gebeugt, und blickt unverwandt auf Seiler.)

Seiler. Ja, ja, liebgewordene Gewohnheiten. Auch das Tier empfindet die Aenderung Deiner Lebensregeln.

Als Manuscript gedruckt.

Major (zögernd). Wahrhaftig? — Meinst Du?
Seiler. Du hörst ja, was Mörser sagt.
Mörser. Heute Morgen, als der Herr Major wieder den Berg raufkletterten, — der Herr Major hat mir recht leid gethan — hab ich mir seinen Mantel umgehängt und seine Mütze aufgesetzt — da hat sie mich gar nicht ran gelassen und nach mir geschlagen.
Major (steht nach kurzem Selbstkampf auf und lacht). Recht hat sie! Ha, ha! Geh sogleich nach der Küche und laß Dir ein tüchtiges Stück Zucker geben. Ich komme selbst mal zusehen. Du entschuldigst, Seiler. (Durch die Mitte ab.)
Mörser (den Blick zum Himmel). Gott sei Dank! Das giebt ein schönes Wiedersehen! (Hinter dem Major ab.)
Seiler. Geh nur, geh nur! Interesse für seine Pferde? Das ist der beste Beweis der beginnenden Genesung.

4. Scene.
Seiler. Baronin.

Baronin (von links vorn). Guten Morgen, mein Freund.
Seiler. Guten Morgen, verehrte Frau.
Baronin. Wie ist die Frühpromenade bekommen?
Seiler. Die guten Wirkungen des täglichen Aufstiegs treten immer deutlicher hervor.
Baronin. Glauben Sie wirklich?
Seiler. Unverkennbar. Unser Major erschien gestern 17, heute schon 25 Minuten nach der festgesetzten Zeit im Frühstückszimmer.
Baronin. Armer Bruder!
Seiler. Ja, ja, Minnedienst ist nicht Herrendienst. Es besteht ein Unterschied zwischen dem Appell durch die Trompete bei dem fünfzigjährigen Kavalleristen und dem Weckruf zur Ritterpflicht bei dem fünfzigjährigen Seladon.
Baronin. So wurde die Höhe nicht mehr vor dem Sonnenaufgang erreicht?
Seiler. Doch, meine gnädige Frau; wir entzogen dem Major den Kaffee und verdoppelten das Marschtempo. (Er lacht.)
Baronin (lacht). Ach, gehen Sie! Sie verfahren tyrannisch!
Seiler. Weichherzigkeit wäre jetzt Schwäche, die nicht zum Ziele führt. Plettenburg muß die Strapazen einer verspäteten Liebeswerbung ganz auskosten, sie allein heilen ihn.

Baronin. Die Rivalität Oskars mit seinem Vater wird das übrige thun. Seit heute Morgen sehe auch ich der Entwickelung der Dinge mit Zuversicht entgegen. — Aber eines erklären Sie mir noch.
Seiler. Bitte?
Baronin. Wie ertragen Sie alle diese Strapazen?
Seiler (lächelt). Durch die Ruhe des Gewissens.
Baronin. Was heißt das?
Seiler. Ja — ich will nicht heiraten.
Baronin (lacht). Fürchten Sie nicht die Vereinsamung im hohen Alter?
Seiler. Ach nein. Das hohe Alter ist schon erreicht, die Erde ist mein Haus, und ihre Bewohner sind meine Familie. Und muß der alte Seiler einmal glauben, daß er zu alt und ganz überflüssig geworden ist, so findet sich für ihn wohl immer noch ein Plätzchen in Falkenhorst.
Baronin (reicht Seiler freudig beide Hände). Wir holten Sie gewaltsam, kämen Sie nicht von selbst!

5. Scene.

Baronin. Seiler. Magda. Charlotte. Oskar. Hans. (Dann) **Anna.** (Die Eintretenden begrüßen die Baronin.)

Baronin. Was werdet Ihr jetzt beginnen?
Charlotte. Wir wollen Ball schlagen, bevor die Sonne ganz herauf ist.
Magda. Nach dieser Bergpartie?!
Baronin (lacht). Nicht wahr, es wird Ihnen zuviel?
Magda (nimmt den Arm der Baronin). Ehrlich gesagt, ja.
Baronin. So bleiben Sie bei uns Alten.
Magda. Wo haben Sie den Herrn Major?
Seiler. Er ging nach seinen Pferden zu sehen.
(Anna kommt von links vorn.)
Charlotte. Wir holen ihn! Komm Anna!
Oskar. Er wird sich an dem Spiel kaum beteiligen; er schien ermüdet zu sein.
Seiler. Ja. Er wollte schlafen gehen.
Oskar. Papa mutet sich immer zuviel zu. Unsere angreifenden Fußpartieen sind nichts für den alten Kavalleristen.
Charlotte. Und ich wette, der Onkel spielt dennoch mit!

Als Manuscript gedruckt.

Hans. Schwerlich!

Charlotte. Sie seien ganz still! Was Sie bei Ihrem zerrütteten Innern leisten, vollbringt der Onkel mühelos!

(Man lacht.)

Hans. Ich erbiete mich, den Herrn Major aufzusuchen und ihn zum Spiel einzuladen. (Er will fort.)

Charlotte. Nichts, nichts da! Ich komme mit. Wer weiß, was Sie ihm sagen wollen! (Hans und Charlotte durch die Mitte ab.)

Oskar. Und wir, Anna?

Anna (blickt die Baronin an). Ich glaube, die Mama wird mich jetzt brauchen?

Magda (schnell). Lassen Sie sich durch mich vertreten!

Baronin. Ich darf jede Hilfe dankend ablehnen, da ich nur noch eine kurze Unterredung mit dem Verwalter habe, dann komme ich mich Euch zu widmen.

Anna (zu Magda). Sie wollen uns nicht begleiten, gnädige Frau?

Magda (zu Oskar, ihn scherzend herausfordernd). Erachten Sie meine Beteiligung an dem Spiel für durchaus erforderlich, Herr von Plettenburg?

Oskar (etwas in die Enge getrieben). Darüber bestimmen allein die gnädige Frau.

Magda (wie oben). Wie ist es doch? Haben wir nicht heute den neunten Tag unseres Abkommens?

Oskar (wie oben). Allerdings, gnädige Frau.

Magda. So bleibt mir heute noch die Freiheit des Handelns.

Anna (interessiert). Was heißt das?

Magda. Herr von Plettenburg und ich trafen für zehn Tage eine Vereinbarung.

Anna (wie oben). Ah! Darf man näheres darüber erfahren?

Oskar (schnell). Es handelte sich nur um ein Bild.

Magda (voll Humor). Nur? Gut! Das Porträt einer Sirene, das sich in meinem Besitz befindet und das Herrn von Plettenburg lebhaft interessierte.

Baronin. Oskar wollte es erwerben?

Magda. Es schien so. Herr von Plettenburg bot mir eine außerordentlich hohe Summe, die ich nicht so ohne weiteres annehmen wollte.

Seiler. Sie verabredeten daher eine zehntägige Bedenkzeit?
Magda. Während derselben stand es dem Reflektanten frei, zurückzutreten.
Baronin. Das wird mein Neffe schwerlich thun!
Magda. Ich glaube doch. Uebrigens soll es an meinem Entgegenkommen nicht fehlen, da ich nahezu entschlossen bin, das mir sehr werte Kaufobjekt zu behalten.
Oskar (weiß sich nicht zu helfen). Gnädige Frau!
Magda (lacht, schnell). Wir sprechen noch darüber.
Anna. So komm, Oskar, man wird uns erwarten.
(Oskar und Anna durch die Mitte ab.)
Baronin. Beneidenswerte Elastizität der Jugend. Jetzt wieder zum Ballspiel hinaus, nach dreistündiger Bergpartie.
Seiler. Auch wir konnten es einst, und ich meine, verehrte Freundin, es sei bei Ihnen nicht gar so lange her.
Magda. Alles zu seiner Zeit. Der würdigen Hausfrau ziemt das Scepter, den Töchtern das Spiel.
Baronin. Sie mahnen mich an den wartenden Verwalter. Für wenige Minuten also. (Links ab.)

6. Scene.

Magda. Seiler.

Magda (setzt sich). Nun, Herr von Seiler, wie steht es um die Rekonvalescenz der Patienten auf Falkenhorst?
Seiler. Ausgezeichnet, meine gnädigste Frau, seitdem Sie dem Konsilium der Aerzte so thatkräftig beigetreten sind.
Magda. Wie sind Sie mit dem Major zufrieden?
Seiler. Sehr. Er zeigt endlich erneuten Appetit.
Magda. Worauf?
Seiler. Auf Ruhe. Auch sein Stall interessiert ihn wieder.
Magda. Herrlich!
Seiler. Der kleine Lizzi ist durch Ihre Güte ganz geheilt. Er ist nur noch nicht mit sich einig, in welche Form er das Geständnis seiner Geschichte vor Fräulein Charlotte kleiden soll.
Magda. Ich werde ihm zur Seite stehen.
Seiler. Bleibt noch Oskar.
Magda. Daß Sie auch ihn zu den Patienten zählen, ist wenig schmeichelhaft für mich! (Sie lacht.)
Seiler. Darf der Arzt Rücksichten üben?
Magda. Sie haben Recht, mein Freund.

Als Manuscript gedruckt.

Seiler. Und bemühen nicht gerade Sie sich um die Heilung Oskars, gnädige Frau? Ich wußte ihn hierher zu führen, und Sie — verzeihn Sie — wie verhält es sich in Wirklichkeit mit der zehntägigen Frist?

Magda. Herr von Plettenburg hielt in aller Form um meine Hand an. Ich verbot ihm, nach seiner Ankunft hier, für zehn Tage jede Aeußerung seiner Gefühle für mich vor mir und anderen.

Seiler. Und dies Abkommen erreicht morgen sein Ende?

Magda. Morgen. — Hm — raten Sie mir, Herr von Seiler — ich stehe allein — bin frei, unabhängig — was soll ich thun?

Seiler. Den Vater heiraten.

Magda. Gehen Sie! Sie sind boshaft!

Seiler. Aber Gnädigste; läge in der Befolgung meines Rates eine Bosheit?

Magda. Es handelt sich für mich nur um den Sohn.

Seiler. Für mich um beide.

Magda. Sie wollen auch den Vater unter die Haube gebracht sehen?

Seiler. Ich möchte ihn hindern, an die falsche Adresse zu gelangen.

Magda. Da halten Sie mich für die richtige?

Seiler. Falls Sie die Annahme nicht verweigern, vielleicht. Unser Major, der sich die Jugend des Herzens erhalten hat ...

Magda. Ha! Mit dem Herzen tanzt man keinen Walzer!

Seiler. Es giebt so viele hübsche Tänze mit mäßigerem Tempo.

Magda. O ja. Die Polonaise zum Beispiel, für die Alten. Für die Jungen endet auch sie mit einem Walzer.

Seiler. Und wären Sie der Meinung, meine verehrteste Frau von Welten, daß der Gang, den Sie mit Oskar machen könnten, in jedem Falle ohne Ermüdung für Sie in einen Walzer ausklingen müsse? Wozu dann das zehntägige Versteckspiel?

Magda. Hören Sie mich wohl an, mein lieber Freund. — Oskar von Plettenburg engagierte mich, als ich die einzige Tänzerin in seiner Nähe war, und er bestürmte mich, die ganze Tanzkarte mit seinem Namen zu füllen. Sie wissen, daß am Fuße derselben der Kotillon verzeichnet ist. Im rechten Augenblick fiel mir ein, daß es unbillig gegen meinen Tänzer sein würde, gegen die anderen Damen, die nach mir erscheinen sollten, und gegen mich selbst, alles nur einem zu gewähren — da entschloß ich mich schnell, ihm und mir den Kotillon frei zu halten — für zehn Tage. (Sie lacht.)

Seiler. Und wenn nun Ihre unverdiente Güte Ursache wird, daß Oskar für den Schlußtanz wirklich eine Andere wählt?

Magda. Ja, dann werde ich wohl mit heroischer Resignation sitzen bleiben und dem Tanze zuschauen müssen.

Seiler (küßt Magda die Hand). Mit nichten, gnädige Frau! Dann werde ich um den Kotillon bitten. (Beide lachen.)

Magda. Angenommen! Aber, in Ihrem Interesse, nur einmal um den Saal.

7. Scene.
Vorige. Major. Oskar.

Major (von Oskar geführt, geht sehr steif, da er starken Schmerz im Rücken fühlt, in der Thür). Teufel, die Witwe! Laß uns hinten herum gehen, Oskar.

Magda. Bitte, bitte, Herr Major! Sie wollen bei meinem Anblick entfliehen?

Major (gezwungen lächelnd). Oh — keineswegs — durchaus nicht! (Er macht eine Bewegung, empfindet plötzlich Schmerz und unterdrückt nur halb ein) Au!

Magda. Wollen Sie nicht hereinkommen, Herr Major? — Was haben Sie denn?

Major (sauersüß). Nicht das geringste — wahrhaftig — gar nichts. (Kommt mit Oskar weiter vor.)

Magda (fragend zu Seiler). Es ist mir, als ob der Herr Major Schmerzen haben müsse? Nicht?

(Seiler zuckt die Achseln.)

Major (für sich). Ladet sie mich zum Sitzen ein, bin ich verloren.

Seiler. Ist Dir etwas zugestoßen?

Major (gereizt). Woher denn?! Was sollte mir zugestoßen sein?!

Seiler. Du hängst ja förmlich an Oskar.

Major (wie oben). Häng ich, Oskar?! Thu ich Dir weh?!

Magda. Was fehlt Ihrem Herrn Vater?

Major (halb ärgerlich, halb lachend). Aber, ich bitte, gnädigste Frau, muß mir durchaus etwas fehlen, wenn ich mich vertraulich auf meinen erwachsenen Sohn stütze? — Sie verzeihen, ich habe auf meinem Zimmer — weshalb stellst Du Dich mir so ostensiv in den Weg, Seiler?!

Seiler (droht lächelnd mit erhobenem Finger). Wir haben Ball geschlagen, Alterchen?

Major (sehr ärgerlich). Natürlich hab ich das!

Seiler (wie oben). Da holten wir uns einen Hexenschuß!

Major (wie oben, mit heftiger Bewegung). Was?! Hexenschuß?! — Au!

Seiler. Sei vernünftig; gieb mir den andern Arm. (Der Major nimmt Seilers Arm, sie kommen nach rechts weiter vor. Hinten erscheinen Arm in Arm Charlotte und Anna.)

Magda. Armer Herr Major.

Seiler. Denk an das Malheur, wenn Dir das auf der Hochzeitsreise passiert sein würde.

Major. Was Hochzeitsreise! Siehst Du mich schon fahren?!

Magda. Schmerzt es denn sehr?

Major (an der Thür). O bitte! Im Gegenteil! (Major, Seiler, Oskar rechts ab. Charlotte und Anna treten durch die Mitte ein.)

8. Scene.

Magda. Charlotte. Anna.

Magda. Ihr Spiel fand leider ein jähes Ende, meine Damen?

Charlotte. Onkel Plettenburg wollte den großen Ball zu hoch schleudern, da fühlte er plötzlich Schmerzen.

Anna (besorgt). Es wird doch nichts Gefährliches sein?

Magda (lächelnd). Ach nein. Nadelstiche des sich meldenden Alters. Wollen Sie Ihrem Herrn Onkel helfen, so schicken Sie ihm sein Faktotum Mörser und etwas (halblaut) Senfspiritus.

Anna. Ich will es sogleich veranlassen. (Links vorn ab.)

9. Scene.

Magda. Charlotte.

Magda. Wo haben Sie Herrn von Egloff?

Charlotte. Ach! Der! Wahrscheinlich ist er wieder in den Bergen.

Magda. Wie?

Charlotte. Irgendwo in weiter Ferne irren seine Gedanken umher. Sein böses Gewissen läßt ihm ja keine Ruhe.

Magda. Was Sie sagen! Halten Sie ihn denn eines Verbrechens fähig?
Charlotte. Das nicht. Aber er hat ein Geheimnis. Und das ist fürchterlich!
Magda (lacht). Weil Sie nicht Mitwisserin sind.
Charlotte. Oh — neugierig bin ich gar nicht.
Magda. Das dürften Sie in diesem Falle auch nicht sein, da Sie ja ebenso vor Herrn von Egloff ein Geheimnis haben.
Charlotte. Ich?!
Magda. Ja, meine kleine Freundin. Sie verbergen etwas vor ihm.
Charlotte. Aber Sie irren, gnädige Frau!
Magda. Ach nein.
Charlotte. Ich wüßte wirklich nicht —
Magda. Daß Sie ihn lieben?
Charlotte. Ach so. — Es wäre doch furchtbar indiskret, wenn ich ihm das sagen wollte; nicht?
Magda. Da er Sie anbetet, so dürfen Sie schon etwas indiskret sein.
Charlotte. Ja! Er ist ganz entsetzlich in mich verliebt! — Aber das hilft ihm nichts. — Ich will keinen Mann, der immer nur auf seine Brust zeigt und seufzt: „Ach, wenn Sie wüßten, wie es hier aussieht."
Magda. Nicht so schwarz, wie Sie zu glauben scheinen.
Charlotte. Wenn die Geschichte ungefährlich ist, so sehe ich keinen Grund für sein Schweigen.
Magda. Sie sind ein kleiner Eigensinn. Soll ich sie Ihnen erzählen?
Charlotte (ungläubig). Sie wollen sie kennen, gnädige Frau?
Magda. Ich kenne sie.
Charlotte (schnell). Bitte! Wo spielt sie denn?
Magda (lacht). In der Schweiz.
Charlotte. Also doch! (Eifrig.) Weiter!
Magda. Die Geschichte interessiert Sie also doch sehr?
Charlotte (scheinbar gleichgültig, zuckt die Achseln). Gott —
Magda (lacht). Dann können Sie alles hören. — Herr von Egloff war verlobt.
Charlotte. Was?! — — Der Verräter!
Magda. Das heißt, er glaubte sich verlobt.
Charlotte. Wie?

Als Manuscript gedruckt.

5*

Magda. Und zwar mit einer Nixe.
Charlotte (schmollend). Ach nein. — Sie machen sich über mich lustig.
Magda. Keineswegs. — Es war ihm einst ein weibliches Wesen erschienen, dessen Besitz er erstrebte wie jener unglückliche Schiffer den der Lorelen. Aber die Erscheinung verschwand so plötzlich wie sie gekommen war, und mit einer Wunde im Herzen schlich der Jüngling zwei Jahre hindurch trübe umher. Da hörte die Nixe von seinem Schmerz; sie suchte ihn auf und sprach: (Sie legt Charlottens Hand auf ihr Haar.) „Fühle mein Haar, es ist nicht golden; (sie hebt liebevoll das Gesicht Charlottens zu dem ihren empor) sieh mir ins Gesicht, ich bin auch nicht die schönste Jungfrau — und singen kann ich schon gar nicht." — Da erkannte der Jüngling seine Verblendung, echte Liebe zu einem guten kleinen Trotzköpfchen zog ein in sein Herz, und er eilte, es in seine Arme zu schließen.
Charlotte. Und das ist wirklich die ganze Geschichte von Hans?
Magda. Die ganze.
Charlotte. Freilich, Sie müssen es wissen, gnädige Frau, — — denn Sie kannten die Nixe?
Magda (lächelnd). Ich kannte sie — wie mich selbst.
Charlotte (drückt Magda herzlich die Hand). Ich danke Ihnen. (Magda küßt Charlotten auf die Stirn, Charlotte erhebt sich.) Ich muß doch einmal mit Hans darüber sprechen. (Sie geht und kehrt zurück.) Gnädige Frau — gesetzt — der Jüngling heiratete seinen Trotzkopf... man kann es ja nicht wissen — und die Nixe erschiene ihm dann wieder —?
Magda. So käme sie nur, um sich an dem Glücke des jungen Paares zu erfreuen.
Charlotte. Können Sie mir das verbürgen?
Magda. Diese Hand und diesen Kuß darauf. (Sie zieht Charlotte an sich und küßt sie herzlich. Charlotte schnell durch die Mitte ab.)

10. Scene.

Magda. Anna. Oskar. Mörser.

Anna (tritt schnell von links vorn ein, Mörser folgt ihr mit einer Flasche). Schnell, Mörser! Und sagen Sie dem Onkel, Mama würde sogleich folgen, nach seinen Wünschen zu fragen. (Oskar kommt von rechts vorn.)
Mörser. Zu Befehl, gnädiges Fräulein. (Rechts vorn ab.)

Anna. Ah, Oskar, wie geht es dem Onkel?
Oskar. Es ist ja nichts Böses. Beunruhige Dich nicht. Ein flüchtiger Schmerz, der schnell verschwindet.
Magda (steht neben Anna und umfaßt sie). Herr von Plettenburg —
Oskar. Gnädigste Frau?
Magda (voll Scherz). Was geben Sie mir, wenn ich die Frist abkürze und sie heute schon beende?
Oskar. Gnädigste Frau — ich ergebe mich Ihnen auf Gnade und Ungnade.
Magda. Was sagte ich Ihnen, als Sie auf den Erwerb meines schönsten Bildes bestehen wollten?
Oskar. Ich erinnere mich wahrhaftig nicht mehr.
Magda. Nicht? Nun, ich meinte, daß man nicht alles haben müsse, was auf den ersten Blick gefällt, daß ernste Prüfungen und Vergleichungen oft vor Thorheiten schützen können. Ich hoffe, daß Sie sich jetzt mit jenen beschäftigten, zur Einsicht kommen und — Verzicht leisten?
Oskar (mit komischer Verzweiflung). Gnädigste Frau, schonen Sie mich! Wollen Sie mich durchaus vor mir selbst unmöglich machen?!
Magda (lacht). Ach nein! — Ich möchte nur ein ehrliches Wort in unserer Sache von Ihnen hören, nur die Bestätigung, daß Sie mich freigeben. (Schnell.) Sie sollen ja nicht leer ausgehen. Ich biete Ihnen dafür ein anderes Bild und knüpfe nur die Bedingung daran, daß Sie es mit dem kostbarsten Rahmen umgeben und an die schönste Stelle Ihres Hauses setzen, wo es nur Sonne erreichen kann, denn, wohlverstanden, dies Bild ist nicht nur für Abendbeleuchtung geschaffen. Wollen Sie das?
Oskar (stummes Spiel, dann eilt er auf Magda zu, ihr die Hand zu küssen). Gnädigste Frau! (Magda mit aufmunterndem, liebenswürdigem Lächeln auf Anna und Oskar schnell links vorn ab.)

11. Scene.

Anna. Oskar.

Anna (nachdem sie Magda erstaunt nachgesehen hat). Oskar — ich habe nun während der ganzen Scene kein Wort gesprochen, aber auch keines verstanden.
Oskar (fröhlich). Frau von Welten ist eine Frau, die auch

Als Manuscript gedruckt.

die peinlichsten Dinge in die bestrickendsten Gewänder zu kleiden versteht!

Anna. Das ist wieder rätselhaft.

Oskar (wie oben). Ach, Cousinchen, zerbrich Dir deshalb nicht das Köpfchen! Ich bin so froh, mir ist so leicht ums Herz... ich könnte...!

Anna. Was könntest Du?

Oskar. Mich für den glücklichsten Menschen auf der Welt halten, wenn —

Anna. Nun? Wenn? So sprich doch!

Oskar (lachend). Wenn ich all' die Dummheiten ungeschehen zu machen wüßte, die ich auf dem Gewissen habe, oder — wenn Du sie verzeihen wolltest!

Anna. Sind es deren so viele?

Oskar. Eine ganze Menge.

Anna (lächelnd). Mein guter seliger Vater pflegte oft zu sagen, daß der Grad der Vernünftigkeit des Mannes von der Anzahl seiner jugendlichen Thorheiten bedingt wird.

Oskar. Braver Onkel! Da darf ich den Anspruch erheben zu den vernünftigsten Menschen gezählt zu werden.

Anna. Gilt denn von den Frauen nichts Aehnliches?

Oskar. Behüte! Nein! Das wäre schön! Junge Mädchen dürfen keine Läuterungen durch Thorheiten erfahren!

Anna (seufzt tief, ohne den Schalk zu verbergen). Ach! — Oskar —

Oskar. Was hast Du?

Anna. Was gäbe ich darum, wenn Du mich nicht einmal eine Ga — Gans genannt hättest!

Oskar (lacht auf). Aber Ännchen! Damals waren wir Kinder!

Anna. Es war doch schrecklich! Ich habe es nie vergessen können, und sobald von Dir gesprochen wurde, so —

Oskar. So sahst Du immer den weißen Vogel vor Dir, die — den in seinem Wachstum zurückgebliebenen Schwan?!

Anna. Ja —! Wenn es noch ein Schwan gewesen gewesen wäre —! So aber —

Oskar. Nun?

Anna. So trieb mich die Gans, meine Liebe einem andern zu schenken.

Oskar. Einem Sekundaner, der auf Ferienbesuch war?!

Anna. Fängst Du schon wieder an?!

Oskar. Einem Lieutenant aus dem letzten Manöver?

Anna (lächelnd). O — bitte! Die Charge war viel höher.
Oskar. Ach! — Also einem alten Herrn?!
Anna (nickt lebhaft, mit unterdrücktem Lachen).
Oskar. Diese Alten! (Er lacht sehr.)
Anna (etwas mißstimmt). Da lachst Du?
Oskar. Natürlich! Was anders? Ein ganz alltäglicher Fall! Diese pflichtvergessenen alten Knaben, welche die Phantasie eines jungen Mädchens zu erhitzen verstehen, sollte man steinigen!
Anna (erschreckt). Um Gotteswillen! Thu es nicht!
Oskar. Liebst Du ihn etwa noch?!
Anna (eifrig). Nein, nein!
Oskar. So lassen wir den Greis.
Anna. Du könntest mir die Verirrung verzeihen?
Oskar. Nun, natürlich! (Er umfaßt Anna.) Ich will nicht einmal wissen, wer der alte, verliebte Herr gewesen ist, sonst müßte er mir vor die Klinge!
Anna (höchst erschreckt). Oskar! Müßte das sein?!
Oskar. Dafür bin ich Dein Vetter und Edelmann! Aber beruhige Dich, es soll kein Blut fließen; schweigen wir den grauen oder weißen Sünder tot.
Anna (schmiegt sich an Oskar). Machen wir es so, Oskar. Ich habe ja meinen Irrtum längst erkannt und will ihn büßen.
Oskar. In meinen Armen!
Anna. Ja, liebst Du mich denn?
Oskar. Seit der Minute meines Eintreffens. Und Du?
Anna. Ach ja ebensolange.
Oskar. Und Du willst mein werden?
Anna. Ganz Dein! (Oskar zieht Anna an sich und küßt sie.)

12. Scene.

Anna. Oskar. Major (und) **Seiler** (von rechts vorn). **Baronin** (und) **Magda** (von links vorn). **Hans** (und) **Charlotte** (Arm in Arm durch die Mitte).

Seiler. Ei, ei, Plettenburg, sieh doch das! (Lacht.) Jetzt laß mal zum Rückzug blasen, tummle Dich!
Major (nachdem er seine Ueberraschung niedergekämpft hat, streckt Anna und Oskar beide Hände entgegen). Na, Kinderchen, — habt Ihr Euch endlich gefunden?!
Seiler (lacht). Bravo, bravo!

Als Manuscript gedruckt.

Major (umarmt Oskar, während Anna in die Arme der Baronin eilt). Mein braver Junge! Du glaubst gar nicht, aus welch ungeheurer Verle... e, — e — e — ungeheure Freude Du mir bereitest! — Ich hab' Dir die Wege geebnet! (Sein Blick fällt auf Magda.) Wetter! Was sagt unsere gnädigste Frau dazu?!

Magda. Sie ist entzückte Zeugin der natürlichen Wendung der Dinge. „Die Witwenherzen muß man kennen," Herr Major. (Sie lacht.)

Major (küßt Magda die Hand). Sie gleichen einander nicht alle. Wir beide...

Magda. Haben uns bewunderungswürdig gehalten, Herr Major! (Halblaut.) Ich weiß ja alles! Wir ziehen nun jeder unsere Straße, und wo wir die Liebe auf Irrwegen sehen, greifen wir helfend ein?

Major. Gnädigste Frau, einmal mit blauem Auge davongekommen, beabsichtige ich späteren Urlaub doch vernünftiger auszunützen! (Seufzt.) Morgen ist der letzte Tag.

Magda. Die Verlobungsfeier Ihres Sohnes! Wie konnte der Urlaub besser enden?

Charlotte (zieht Hans nach vorn). So komm doch, Hans! Wir gehören doch auch dazu!

Hans (läßt sich ziehen und blickt auf Magda). Liebes Lottchen, ich komme ja schon; — aber eigentlich ist das eine peinliche Geschichte.

Major (zu Seiler). Der verregnete Klaviermann hat recht. Aber wir wußten uns herauszuwickeln! Was, Seiler?!

Seiler. Glänzend!

(Der Vorhang fällt.)

Ende.

Manuscript not for sale.

E. Heiden.

Hergestellt in der Officin von R. Boll, Berlin 1888.